新日本語能力試驗予想問題集：N5一試合格

賴美麗、小高裕次、方斐麗、李姵蓉　編著

全華圖書股份有限公司

前言

　　本書爲了幫助準備 2010 年實施之新制日本語能力試驗（JLPT）的學習者掌握應試要領及出題傾向，依照新制日本語能力試驗的考試題型及題數，編寫六回模擬測驗練習題。內容包含「文字‧語彙」、「文法」、「閱讀」及「聽解」三大部分，並在各回加入數題難度較高的題目，除了讓學習者可以透過練習熟悉題型外，也能更進一步深入地學習，提升實力。

　　爲了讓學習者能更精準瞭解題目內容及如何解答，另外也編寫了本問題集的解析本，對於題目內容及解答有進一步的說明，解析本也收錄聽解問題的所有原文內容，漢字也標上讀音，對於較難的句子特別加上翻譯幫助學習者理解。相信本問題集和解析本可幫助學習者於正式測驗時從容迅速地作答，高分合格。

賴美麗　小高裕次　方斐麗　李姵蓉

于　文藻外語學院

2013 年 5 月

新日檢考試制度的變化

　　日本語能力試驗始於 1984 年起，由國際交流基金會與日本國際教育支援協會共同舉辦。從最早期的 15 國、約 7 千人報考，如今已成長至全球 60 多個國家地區、每年報考人數超過 60 萬人，爲世界最大規模的日語考試。根據統計，2012 年台灣地區報考人數合計超過 6 萬 4 千人。

　　經過 20 多年的資料分析與研究，2010 年起，日本語能力試驗實施了新制的考試制度。新舊制的具體差異分析如下表所示：

	舊制（至 2009 年為止）	新制（2010 ～ 年起）
級　　數	1 級	N1（比舊制 1 級稍難）
	2 級	N2（與舊制 2 級相當）
		N3（介於舊制 2 級和 3 級間）
	3 級	N4（與舊制 3 級相當）
	4 級	N5（與舊制 4 級相當）
	（共 4 級）	（共 5 級）
測驗項目	各級數皆分爲三項： 1.「文字・語彙」 2.「聽解」 3.「讀解・文法」	N1、N2 分爲： 1.「言語知識（文字・語彙・文法）讀解」 2.「聽解」 N3、N4、N5 分爲： 1.「言語知識（文字・語彙）」 2.「言語知識（文法）・讀解」 3.「聽解」
測驗時間	1 級：180 分鐘 2 級：145 分鐘 3 級：140 分鐘 4 級：100 分鐘	N1：170 分鐘 N2：155 分鐘 N3：140 分鐘 N4：125 分鐘 N5：105 分鐘
計分方式	傳統粗分	尺度得點
通過標準	單一標準： 1 級：280 分（滿分 400 分） 2 級～ 4 級：240 分（滿分 400 分）	總分與分項成績皆設有門檻分數

什麼是「尺度得點」？

　　舊制試驗採取粗分計算，也就是答對多少題就有多少分。當合格的總分數標準不變時，由於每回試驗的難度有所不同，導致相同能力

的測驗者，在不同時期將測驗出不一樣的考試成績，甚至影響合格與否。有鑑於此，新制採取「尺度得點」來計算得分。

「尺度得點」是什麼呢？簡單來說，它並非讓答對題數直接反映於得分上。「尺度得點」是在分別測出「言語知識」、「讀解」、「聽解」之分項能力後，分別於 0 ～ 60 之刻度量尺上來顯示得分，總分數為前述三項之總和。同一級數的成績均以相同的量尺計算。新制為能在此共通之量尺上測出考生的日語能力，將每一位考生於各題之答題狀況（答對或答錯）統計分析後，始計算得分。因此假設兩位考生在同一測驗裡答對相同的題目數，其得分也會因兩人分別答對不一樣的題目而有所不同。

「門檻分數」是多少？

過去舊制皆單獨用總得分來判定是否合格。而在新制則必須同時達到：

1. 總分達到合格所需分數（＝通過標準）以上
2. 各分項成績達到合格所需分數（＝門檻分數）以上

上述兩項標準皆通過，才能判定合格。只要有一分項成績未達通過門檻分數，即便分數再高也不能合格。

N1 ～ N3 及 N4、N5 各分項得分範圍不同。下表為總分通過標準及各分項成績門檻分數：

級數	通過標準 / 總分	分項成績門檻分數 / 分項總分		
		言語知識 （文字・語彙・文法）	讀解	聽解
N1	100 / 180	19 / 60	19 / 60	19 / 60
N2	90 / 180	19 / 60	19 / 60	19 / 60
N3	95 / 180	19 / 60	19 / 60	19 / 60

級數	通過標準 / 總分	分項成績門檻分數 / 分項總分	
		言語知識 （文字・語彙・文法）讀解	聽解
N4	90 / 180	38 / 120	19 / 60
N5	80 / 180	38 / 120	19 / 60

台灣地區報考相關資訊

報名時間：第一次：約 4 月初至 4 月中

第二次：約 9 月初至 9 月中

詳細規定請參照 JLPT 官網：

http://www.lttc.ntu.edu.tw/JLPT/JLPT_news.htm

報名方式：網路報名，詳參照網址：https://reg6.lttc.org.tw/JLPT/

報名費用：NT$1500

測驗日期：第一次：7 月第一個星期日

第二次：12 月第一個星期日

測驗地點：台北、台中、高雄

建議事項：

1. 勿同時報考不同級數，因 N3 ～ N5 皆在上午舉行，N1 ～ N2 皆在下午舉行，除考場可能不同外，更要留意測驗時間可能重疊（如 N1 和 N2），無法兩者兼顧。

2. 姓名英文拼音以及相片的相關規定務必詳閱遵守，一旦不合規定有可能會影響到證書的有效性。

3. 應試必帶：准考證、身分證或有效期限內之護照駕照正本、2B 或 HB 黑鉛筆及橡皮擦。

4. 「聽解」測驗一開始播放試題光碟片即不得入場，其他節則鈴響入場後逾 10 分鐘不得入場應試。

N5 題型概要說明

測驗科目 （測驗時間）			測驗內容	
			大題	目的
言語知識 （25分）	文字·語彙	1	漢字發音	辨識漢字的發音
		2	表記	從平假名辨別其表記的漢字或片假名
		3	文脈規定	根據前後文脈判斷正確的語彙
		4	類義替換	掌握和題目意思相近的語彙及表達方式
言語知解·讀解 （50分）	文法	1	句子文法1 （文法形式判斷）	判斷符合句子內容的文法形式
		2	句子文法2 （文句重組）	組合出文法正確且句意通達的句子
		3	文章文法	判斷符合文章脈絡的文法形式
	讀解	4	內容理解 （短篇文章）	閱讀有關學習、生活、工作等話題或情境約80字的簡單短文，並理解其內容
		5	內容理解 （中篇文章）	閱讀有關日常生活話題或情境約250字的簡單短文，並理解其內容
		6	資訊檢索	從導覽及通知等約250字的資料中尋找出必要的情報資訊
聽解 （30分）		1	內容理解	聆聽完有條理的聽力內容，並理解其意（聽出具體解決課題所需的必要資訊，並理解之後該如何做）
		2	重點理解	聆聽完有條理的聽力內容，並理解其意（依據事先提示須聽懂的內容，從中擷取重點）
		3	發話表現	邊看圖片邊聆聽狀況說明，選出適當的表達語句
		4	即時應答	聆聽提問等簡短語句後，選出恰當的應答

使用方法圖示說明

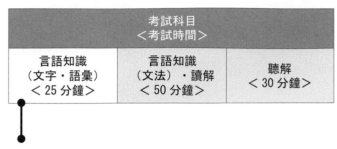

考試科目 <考試時間>		
言語知識 （文字・語彙） <25 分鐘>	言語知識 （文法）・讀解 <50 分鐘>	聽解 <30 分鐘>

考試科目以及考試時間

每一回試驗時各分項的時間都不相同，一定要有效掌握時間，才不會作答不及或寫得太快喔。

答題時間

更精細的列出言語知識各大題的預計作答時間。練習時可以依照這個時間標準來演練。

側頁分類

頁側按照各分項考試科目分類，便於查找。

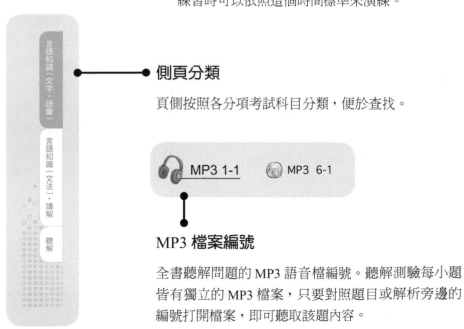

MP3 檔案編號

全書聽解問題的 MP3 語音檔編號。聽解測驗每小題皆有獨立的 MP3 檔案，只要對照題目或解析旁邊的編號打開檔案，即可聽取該題內容。

言語知識（文字・語彙）／35問

もんだい1

1	2	3	4	5	6	7	8	9	10	11	12
3	4	2	2	3	2	1	1	3	2	3	2

各回解答

解析本各回第一頁提供完整解答，核對答案簡單又快速。

答案

各題解答清楚標示。

もんだい5

30 **2** 因為這位很普通的中年婦女說「想成為歌手」。

題目中譯 觀眾為什麼要嘲笑？

31 **1** 成為歌手。

題目中譯 這位女性最後成為什麼？

大意

有一位女性參加英國電視節目選秀，她並不年輕也不漂亮，她告訴大家她的夢想是成為歌手，觀眾們都嘲笑她。但是觀眾聽了這位女性的歌後都非常驚訝，因為她的歌聲非常優美。後來，世界各地許多人都透過網路看這個節目，這名女性因此成名，也實現了夢想。

翻譯

提供題目，答案翻譯，以及內容大意。

もんだい6

32 **4** 星期四的第7節和第8節

題目中譯 麥克同學什麼時候可以與山中老師商量？

解析

・留学生のマイクさんは山中先生とそうだんがしたいです。（留學生麥克想和山中老師商量事情。）

・しかし、マイクさんは8時間目がおわるとすぐに家に帰ります。（但是，麥克於第8節結束後要馬上回家。）

・金曜日の午後アルバイトがあります。（星期五下午要打工。）

解析

提供精闢完整的講解。

目次

言語知識
（文字・語彙）

考試科目 ＜考試時間＞		
言語知識 （文字・語彙） ＜25分鐘＞	言語知識 （文法）・讀解 ＜50分鐘＞	聽解 ＜30分鐘＞

N5

げんごちしき（もじ・ごい）

（25 ふん）

ちゅうい
Notes

1. しけんが　はじまるまで、この　もんだいようしを　あけないで　ください。
   Do not open this question booklet until the test begins.

2. この　もんだいようしを　もって　かえる　ことは　できません。
   Do not take this question booklet with you after the test.

3. じゅけんばんごうと　なまえを　したの　らんに、じゅけんひょうと
   おなじように　かいて　ください。
   Write your examinee registration number and name clearly in each box below as written on your test voucher.

4. この　もんだいようしは、ぜんぶで　8 ページ　あります。
   This question booklet has 8 pages.

5. もんだいには　かいとうばんごうの　1、2、3…が　あります。
   かいとうは、かいとうようしに　ある　おなじ　ばんごうの　ところに
   マークして　ください。
   One of the row number 1, 2, 3 …is given for each question. Mark your answer in the same row of the answer sheet.

じゅけんばんごう　Examinee Registration Number

なまえ　Name

🕐 **答題時間 4 分鐘**

もんだい1　＿＿＿の　ことばは　ひらがなで　どう　かきますか。
　　　　　　1・2・3・4から　いちばん　いい　ものを　ひとつ
　　　　　　えらんで　ください。

① あの　男の　ひとは　だれですか。
　　1 おんな　　2 おとな　　3 おとこ　　4 だん

② あの　ひとは　にほんごの　先生です。
　　1 せいせん　　2 せんせん　　3 せいせい　　4 せんせい

③ バナナを　三本　ください。
　　1 さんほん　　2 さんぼん　　3 さんぽん　　4 さんぽ

④ わたしは　木ようびに　ともだちと　としょかんへ　いきます。
　　1 すい　　2 もく　　3 きん　　4 ど

⑤ デパートは　よる　九時までです。
　　1 じゅうじ　　2 よじ　　3 くじ　　4 きゅうじ

⑥ あまり　お金が　ありません。
　　1 かれ　　2 かね　　3 がれ　　4 がね

⑦ まいにち　スーパーで　くだものを　買って　います。
　　1 か　　2 み　　3 たべ　　4 き

⑧ この　みせは　安いです。
　　1 やすい　　2 ひくい　　3 ちいさい　　4 わるい

⑨ へやで　ほんを　読みます。
　　1 すみ　　2 のみ　　3 よみ　　4 あみ

言語知識（文字・語彙）

言語知識（文法）・讀解

聽解

10　わたしの　かばんは　古いです。
　　1　たかい　　　2　ふるい　　　3　おおきい　　4　いい

11　うちは　ここから　近いです。
　　1　とおい　　　2　ながい　　　3　ちかい　　　　4　みじかい

12　これは　新しい　じしょです。
　　1　たかい　　　2　あたらしい　3　あおい　　　　4　あつい

 答題時間 3 分鐘

もんだい2　＿＿＿の　ことばは　どう　かきますか。
　　　　1・2・3・4から　いちばん　いい　ものを　ひとつ
　　　　えらんで　ください。

13　きょうは　ろくがつ　<u>はつか</u>です。
　　1　八日　　　　2　二十日　　　3　三十日　　　4　十八日

14　これは　わたしの　<u>のうと</u>です。
　　1　コート　　　2　オート　　　3　ノート　　　4　シート

15　いえから　<u>がっこう</u>まで　とおい　です。
　　1　学生　　　　2　学校　　　　3　高校　　　　4　校内

16　へやの　<u>そと</u>に　ごみばこが　あります。
　　1　中　　　　　2　北　　　　　3　外　　　　　4　南

17　じしょは　つくえの　<u>うえ</u>です。
　　1　下　　　　　2　上　　　　　3　右　　　　　3　左

18　この　<u>こんぴゅうたあ</u>は　わたしのです。
　　1　コミューター　　　　　　　　2　コンピーター
　　3　コンピューター　　　　　　　4　コンプーター

19　あの　<u>やま</u>は　きれいですね。
　　1　海　　　　　2　山　　　　　3　川　　　　　4　森

20　<u>ちち</u>は　ここに　いません。
　　1　父　　　　　2　兄　　　　　3　弟　　　　　4　母

言語知識（文字・語彙）

言語知識（文法）・讀解

聽解

 答題時間 6 分鐘

もんだい3 （　　　）に　なにを　いれますか。1・2・3・4から
　　　　　　　　いちばん　いい　ものを　ひとつ　えらんで　ください。

21　ここに　なまえを　（　　　　）　ください。
　　1　よんで　　　2　かいて　　　3　みて　　　　4　きいて

22　なつやすみに　くにへ　（　　　　）。
　　1　いきます　　2　きます　　　3　かえります　4　とおります

23　あついですから、コートを　（　　　　）。
　　1　きます　　　2　かけます　　3　ぬぎます　　4　はきます

24　ここで　たばこを　（　　　　）は　いけません。
　　1　たべて　　　2　のんで　　　3　いれて　　　4　すって

25　いもうとは　いえを　（　　　　）。
　　1　かえりました　　　　　　　2　でました
　　3　いきました　　　　　　　　4　きました

26　コップが　（　　　　）から、あたらしい　コップを　かいます。
　　1　しめた
　　2　われた
　　3　きえた
　　4　おちた

27　ここは　（　　　　）ですから、およがないで　ください。
　　1　たかい
　　2　めずらしい
　　3　あぶない
　　4　すずしい

28 さいふを （　　　）に わすれて しまいました。ちょっと
とりに いきます。

1 としょかん
2 トイレ
3 きょうしつ
4 しょくどう

29 すみません。きっぷを （　　　） ください。

1 にまい
2 ふたり
3 ふたつ
4 にだい

30 かぜを ひいたから、くすりを （　　　）なければ なりま
せん。

1 たべ
2 のま
3 つくら
4 はらわ

答題時間4分鐘

もんだい4 _____の ぶんと だいたい おなじ いみの
ぶんが あります。1・2・3・4から いちばん いい
ものを ひとつ えらんで ください。

31 ゆうべ ともだちと えいがを みました。
1 きょうのあさ ともだちと えいがを みました。
2 きのうのばん ともだちと えいがを みました。
3 おとといのばん ともだちと えいがを みました。
4 きのうのあさ ともだちと えいがを みました。

32 ここには おんなのひとしか はいれません。
1 ここには おんなのひとは はいれません。
2 ここには おんなのひとだけ はいれません
3 ここには おんなのひとだけ はいれます。
4 ここには おとこのひとだけ はいれます。

33 とうきょうへ いったとき、かばんを かいました。
1 とうきょうへ いくまえに、かばんを かいました。
2 とうきょうへ いってから、かばんを かいました。
3 とうきょうへ いくあいだ、かばんを かいました。
4 とうきょうへ いくまでに、かばんを かいました。

34 ずっと あめが ふって います。
1 もう あめが やんで います。
2 まだ あめが つづいて います。
3 これから あめが ふります。
4 いつも あめが ふりません。

35 ちちは　ぎんこうに　つとめて　います。

1　ちちは　ぎんこうで　はたらいて　います。

2　ちちは　ぎんこうに　います。

3　ちちは　ぎんこうに　はいって　います。

4　ちちは　ぎんこうを　やめて　います。

言語知識（文字・語彙）

言語知識（文法）・讀解

聽解

 時間還剩 8 分鐘，再檢查一下吧

言語知識
（文法）・讀解

考試科目 <考試時間>		
言語知識 （文字・語彙） <25分鐘>	言語知識 （文法）・讀解 <50分鐘>	聽解 <30分鐘>

Language Knowledge(Grammar)・Reading

N5

言語知識（文法）・読解

（50 ぷん）

注　意
Notes

1. 試験が始まるまで、この問題用紙をあけないでください。

   Do not open this question booklet until the test begins.

2. この問題用紙を持ってかえることはできません。

   Do not take this question booklet with you after the test.

3. 受験番号となまえをしたの欄に、受験票とおなじようにかいてください。

   Write your examinee registration number and name clearly in each box below as written on your test voucher.

4. この問題用紙は、全部で 15 ページあります。

   This question booklet has 15 pages.

5. 問題には解答番号の ①、②、③…があります。

   解答は、解答用紙にあるおなじ番号のところにマークしてください。

   One of the row number ①, ②, ③ …is given for each question. Mark your answer in the same row of the answer sheet.

受験番号　Examinee Registration Number	

なまえ　Name	

答題時間 6 分鐘

**もんだい 1 （　　）に　何を　入れますか。1・2・3・4から
　　　　　いちばん　いい　ものを　一つ　えらんで　ください。**

1　わたしは　今日　友達（　　　）　会います。
　　1　が　　　　　2　を　　　　　3　に　　　　　4　で

2　わたしは　デパートで　何（　　　）　買いませんでした。
　　1　を　　　　　2　も　　　　　3　か　　　　　4　でも

3　林さんは　きのう　12時（　　　）　べんきょうしました。
　　1　から　　　　2　で　　　　　3　を　　　　　4　と

4　わたしは　ゆうべ　リンさん（　　　）　しょくじしました。
　　1　と　　　　　2　で　　　　　3　に　　　　　4　を

5　どれ（　　　）　あなたの　かばんですか。
　　1　へ　　　　　2　か　　　　　3　が　　　　　4　に

6　わたしは　けさ　パン（　　　）　バナナを　食べました。
　　1　も　　　　　2　と　　　　　3　を　　　　　4　で

7　じゅぎょうは　何日（　　　）　はじまりますか。
　　1　から　　　　2　まで　　　　3　でも　　　　4　も

8　じしょは　どこ（　　　）　ありますか。
　　1　で　　　　　2　から　　　　3　に　　　　　4　が

9　マリーさんの　へやは　わたしの　へや（　　　）　ひろいです。
　　1　と　　　　　2　より　　　　3　から　　　　4　も

言語知識（文字・語彙）

言語知識（文法）・讀解

聽解

10 ここは　1年（　　　　）　8月が　いちばん　あついです。
　　1　で　　　　2　に　　　　　3　から　　　　4　より

11 わたしは　毎日　へやを　（　　　）　そうじします。
　　1　きれいで　　2　きれいに　　3　きれいく　　4　きれいな

12 エアコンを　つけましたから、（　　　）　なりました。
　　1　すずしい　　2　すずしいに　3　すずしく　　4　すずしいな

13 わたしは　きのう　いえへ　（　　　）とき、スーパーで　ジュースを　かいました。
　　1　かえる　　　2　かえるの　　3　かえった　　4　かえって

14 わたしは　アイスクリームが　（　　　）たいです。
　　1　食べる　　　2　食べ　　　　3　食べて　　　4　食べよう

15 ジョンさんは　まだ　かんじを　（　　　）ことが　できません。
　　1　書き　　　　2　書く　　　　3　書いた　　　4　書いて

16 しゅくだいを　（　　　）前に、テレビを　見ます。
　　1　し　　　　　2　した　　　　3　する　　　　4　して

 答題時間 4 分鐘

もんだい2　＿★＿に　入る　ものは　どれですか。
1・2・3・4から　いちばん　いい　ものを　一つ
えらんで　ください。

17　わたしは　けさ　＿＿＿＿　＿＿＿＿　＿★＿　＿＿＿＿。
　　1　行きました　2　ごはんを　　3　学校へ　　4　食べないで

18　わたしは　＿＿＿＿　＿＿＿＿　＿★＿　＿＿＿＿。
　　1　ことが　　　2　ふじさんに　3　ありません　4　のぼった

19　中国と　＿＿＿＿　＿★＿　＿＿＿＿　＿＿＿＿ですか。
　　1　どちらの　　2　ひろい　　　3　ロシアと　　4　ほうが

20　わたしが　＿＿＿＿　＿★＿　＿＿＿＿　＿＿＿＿ありますか。
　　1　買った　　　2　どこに　　　3　きのう　　　4　本は

21　わたしの　＿＿＿＿　＿＿＿＿　＿★＿　＿＿＿＿です。
　　1　こと　　　　2　きってを　　3　しゅみは　　4　あつめる

答題時間 6 分鐘

もんだい3 22 から 26 に 何を 入れますか。ぶんしょうの
いみを かんがえて、1・2・3・4から いちばん
いい ものを 一つ えらんで ください。

男の 学生が きのうの よる した ことを 書きました。

> きのう じゅぎょうが 22 から、友だちと コンビニへ 行きま
> した。コンビニで ケーキを 買って かえりました。うちでコン
> ビニで 23 ケーキを 24 ながら、しゅくだいを しました。し
> ゅくだいは あまり 25 、すぐに おわりました。それから、本を
> 26 、テレビを 見たりして、ねました。

22
　　1 はじまった　2 おわった　　3 はじめて　　4 おわって

23
　　1 見る　　　　2 買った　　　3 飲んで　　　4 話し

24
　　1 食べて　　　2 食べる　　　3 食べない　　4 食べ

25
　　1 むずかしくなかったから　　2 むずかしくなったから
　　3 むずかしくなくても　　　　4 むずかしくない

26
　　1 読んだり　2 読む　　　3 読んだ　　　4 読まない

答題時間 8 分鐘

もんだい4　つぎの　ぶんを　読^よんで　しつもんに　こたえて
**　　　　　ください。こたえは　1・2・3・4から　いちばん**
**　　　　　いい　ものを　一^{ひと}つ　えらんで　ください。**

（1）

まどかさんが　ほむらさんの　メッセージに　こたえました。

> MADOKA_K
> @MADOKA_K
>
> わたしも　見^みました。えは　きれいだし　おんがくも　よかったけ
> ど、主人公^{しゅじんこう}の　こえが　わたしの　イメージと　ちがいました。
> ─────────────────────────────
> RT@HOMURA_A：『まじ☆マギ大作戦^{だいさくせん}』見^みました。

27　まどかさんと　ほむらさんが　見^みたのは　何^{なん}ですか。
　　1　小説^{しょうせつ}
　　2　マンガ
　　3　アニメ
　　4　ドラマ

（2）

お母（かあ）さんが　おくった　にもつの　中（なか）に　あった　手紙（てがみ）です。

ゆうすけへ

べんきょう　がんばってますか。お金（かね）は　ありますか。

おこめを　おくります。たまごは　山田（やまだ）さんに　もらった　もの
です。

おじいさんが　つぎから　やさいを　つくります。トマトと　キ
ュウリです。こんど　おくりますね。

母（はは）より

28　お母（かあ）さんは　何（なに）を　おくりましたか。
　1　お金（かね）と　おこめ
　2　お金（かね）と　やさい
　3　おこめと　たまご
　4　たまごと　やさい

（3）

くすりの　せつめいです。

・1日
にち
　3回
かい
、しょくじの　後
あと
に　飲
の
んで　ください。

・6さい以下
いか
は　1回
かい
に　1つ、15さい以下
いか
は　1回
かい
に　2つ、16

さい以上
いじょう
は　1回
かい
に　3つ　飲
の
んで　ください。

・くすりを　飲
の
んだら、車
くるま
の　うんてんは　しないで　ください。

---

29 大学生
だいがくせい
の　秋山
あきやま
さんは、1日
にち
に　いくつ　くすりを　飲
の
みます

か。

1　3つ

2　6つ

3　7つ

4　9つ

**もんだい5　つぎの　ぶんを　読んで　しつもんに　こたえて
　　　　　　　ください。こたえは　1・2・3・4から　いちばん
　　　　　　　いい　ものを　一つ　えらんで　ください。**

　世界で　いちばん　古い　かいしゃが　どこに　あるか　知って
いますか。それは　日本の　大阪に　あります。金剛組と　いう
かいしゃです。1400年前に　しごとを　はじめました。金剛組は
お寺や　神社を　つくる　とき　専門の　技術者を　集める　しご
とを　して　います。その　次に　古い　かいしゃは　山梨県に
ある　慶雲閣と　いう　旅館です。1300年前から　あります。

　ほかにも　日本には　古い　かいしゃが　たくさん　あります。
日本には　200年　以上の　歴史を　持つ　かいしゃが　3,100も
あります。2位の　ドイツが　800、　3位の　オランダが　200です
から　日本に　古い　かいしゃが　とても　多い　ことが　わかり
ますね。

30 世界で 2番目に 古い かいしゃは どこに ありますか。

1 日本の 大阪

2 日本の 山梨県

3 ドイツ

4 オランダ

31 古い かいしゃが いちばん 多い 国は どこですか。

1 ドイツ

2 オランダ

3 日本

4 中国

 **答題時間 8 分鐘**

もんだい6 つぎの ページは 「ジャパン・レール・パス 使用
の 決まり」と 「新幹線の 時刻表」です。つぎの
ぶんを 読んで、しつもんに こたえて ください。
こたえは 1・2・3・4から いちばん いい ものを
一つ えらんで ください。

イギリスの ポッターさんは、日本へ 旅行に 来ました。ポッ
ターさんは 「ジャパン・レール・パス」と いう きっぷを つ
かって 旅行します。

32 ポッターさんは 東京から 新大阪まで 行きたいです。今
7時50分です。新大阪に いちばん はやく つくのは、何時
何分ですか。
1 10時33分
2 11時03分
3 11時30分
4 11時50分

ジャパン・レール・パス　使用の　決まり

・観光で　日本に　来た　外国人だけが　つかう　ことが　できます。

・JRの　すべての　列車に　のる　ことが　できますが、新幹線「のぞみ号」、「みずほ号」に　のる　ことは　できません。

新幹線の時刻表

列車番号	13A	637A	207A	463A	505A
列車名	のぞみ 13号	こだま 637号	のぞみ 207号	ひかり 463号	ひかり 505号
東京　発	07:50	07:56	08:00	08:03	08:33
品川　発	07:57	08:04	08:07	08:10	08:40
名古屋　着	09:34	10:43	09:41	10:09	10:20
新大阪　着	10:26	11:50	10:33	11:03	11:30

言語知識（文字・語彙）

言語知識（文法）・讀解

聽解

時間還剩 10 分鐘，再検查一下吧

聽解

考試科目 <考試時間>		
言語知識 （文字・語彙） <25 分鐘>	言語知識 （文法）・讀解 <50 分鐘>	聽解 <30 分鐘>

Listenting

問題用紙

N5

ちょう かい
聴解

（30 ぷん）

ちゅう   い
注　　意
Notes

しけん はじ   もんだいようし あ
1. 試験が始まるまで、この問題用紙を開けないでください。

Do not open this question booklet until the test begins.

もんだいようし   も   かえ
2. この問題用紙を持って帰ることはできません。

Do not take this question booklet with you after the test.

じゅけんばんごう なまえ した らん じゅけんひょう おな か
3. 受験番号と名前を下の欄に、受験票と同じように書いてください。

Write your examinee registration number and name clearly in each box below as written on your test voucher.

もんだいようし   ぜんぶ
4. この問題用紙は、全部で14ページあります。

This question booklet has 14 pages.

もんだいようし
5. この問題用紙にメモをとってもいいです。

You may make notes in this question booklet.

じゅけんばんごう 受験番号 Examinee Registration Number	

なまえ 名前 Name	

もんだい 1

　もんだい1では　はじめに　しつもんを　きいて　ください。
それから　はなしを　きいて、もんだいようしの　1から　4の
なかから、いちばん　いい　ものを　ひとつ　えらんで　ください。

1ばん 🎧 MP3 1-1

20XX 年　8 月						
日	月	火	水	木	金	土
			1	2	3	4
5	6	7	8	9	10	11
12	13	14	15	16	17	18
19	20	21	22	23	24	25
26	27	28	29	30	31	

1 ——— 14
2 ——— 15
3 ——— 16
4 ——— 17

言語知識（文字・語彙）

言語知識（文法）・讀解

聽解

37

2 ばん 🎧 MP3 1-2

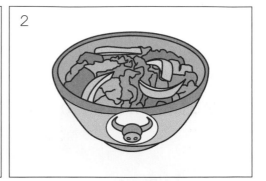

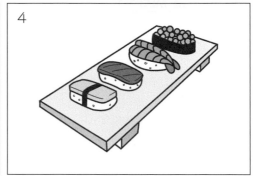

3 ばん 🎧 MP3 1-3

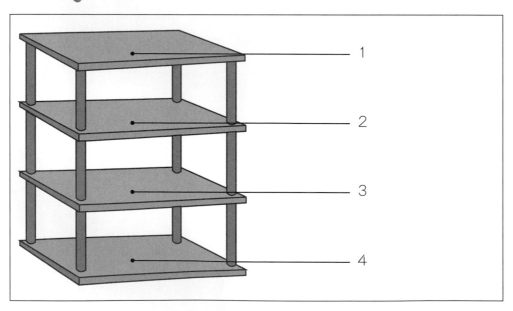

4 ばん 🎧 MP3 1-4

1 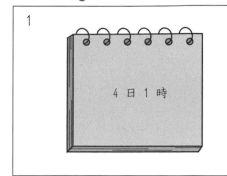 4 日 1 時	2  4 日 7 時
3 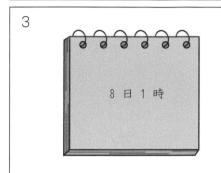 8 日 1 時	4 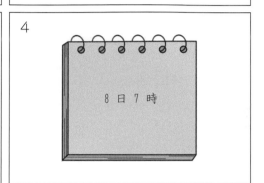 8 日 7 時

5 ばん 🎧 MP3 1-5

1  おおさか	2  きょうと
3  ひろしま	4  なら

言語知識（文字・語彙）

言語知識（文法）・讀解

聽解

6 ばん MP3 1-6

7 ばん MP3 1-7

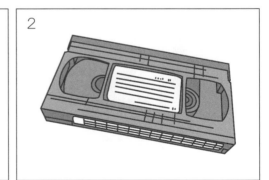
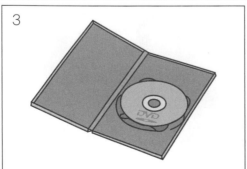
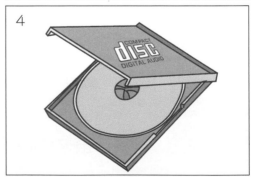

もんだい 2

　もんだい 2 では　はじめに、しつもんを　きいて　ください。
それから　はなしを　きいて、もんだいようしの　1 から　4 の
なかから、いちばん　いい　ものを　ひとつ　えらんで　ください。

1 ばん　🎧 MP3 1-8

　　1　けいたいでんわ
　　2　さいふ
　　3　かさ
　　4　かぎ

2 ばん　🎧 MP3 1-9

　　1　2500 えん
　　2　5000 えん
　　3　3000 えん
　　4　6000 えん

3 ばん　🎧 MP3 1-10

　　1　やおや
　　2　ぶんぼうぐや
　　3　さかなや
　　4　ラーメンや

言語知識（文字・語彙）

言語知識（文法）・讀解

聽解

4 ばん 🎧 MP3 1-11

1 10 まんえん、えきまで 5分
2 10 まんえん、えきまで 25分
3 6 まんえん、えきまで 5分
4 6 まんえん、えきまで 25分

5 ばん 🎧 MP3 1-12

1 はし
2 かいだん
3 こうさてん
4 バスてい

6 ばん 🎧 MP3 1-13

1 やきゅう
2 スキー
3 テニス
4 すいえい

もんだい3

　もんだい3では、えを　みながら　しつもんを　きいて　ください。
やじるし（→）の　ひとは　なんと　いいますか。1から　3の
なかから、いちばん　いい　ものを　ひとつ　えらんで　ください。

1 ばん 🎧 MP3 1-14

言語知識（文字・語彙）

言語知識（文法）・讀解

聽解

2 ばん 🎧 MP3 1-15

3 ばん 🎧 MP3 1-16

4 ばん 🎧 MP3 1-17

5 ばん 🎧 MP3 1-18

言語知識（文字・語彙）

言語知識（文法）・讀解

聽解

もんだい 4

もんだい 4 は、えなどが　ありません。ぶんを　きいて、1 から
3 の　なかから、いちばん　いい　ものを　ひとつ　えらんで
ください。

——— メモ ———

1 ばん 🎧 MP3 1-19　　　　**4 ばん** 🎧 MP3 1-22

2 ばん 🎧 MP3 1-20　　　　**5 ばん** 🎧 MP3 1-23

3 ばん 🎧 MP3 1-21　　　　**6 ばん** 🎧 MP3 1-24

言語知識 （文字・語彙）

考試科目 <考試時間>		
言語知識 （文字・語彙） <25 分鐘>	言語知識 （文法）・讀解 <50 分鐘>	聽解 <30 分鐘>

N5

げんごちしき（もじ・ごい）

（25 ふん）

ちゅうい
Notes

1. しけんが　はじまるまで、この　もんだいようしを　あけないで　ください。
   Do not open this question booklet until the test begins.

2. この　もんだいようしを　もって　かえる　ことは　できません。
   Do not take this question booklet with you after the test.

3. じゅけんばんごうと　なまえを　したの　らんに、じゅけんひょうと
   おなじように　かいて　ください。
   Write your examinee registration number and name clearly in each box below as written on your test voucher.

4. この　もんだいようしは、ぜんぶで　8ページ　あります。
   This question booklet has 8 pages.

5. もんだいには　かいとうばんごうの　1、2、3…が　あります。
   かいとうは、かいとうようしに　ある　おなじ　ばんごうの　ところに
   マークして　ください。
   One of the row number 1, 2, 3 …is given for each question. Mark your answer in the same row of the answer sheet.

じゅけんばんごう　Examinee Registration Number	

なまえ　Name	

 答題時間 4 分鐘

もんだい1 ＿＿＿の　ことばは　ひらがなで　どう　かきますか。
1・2・3・4から　いちばん　いい　ものを　ひとつ
えらんで　ください。

① ことばを　覚えます。
　1　おぼえ　　2　がくえ　　3　ひりえ　　4　さえ

② かぜが　弱いですが、さむいです。
　1　さわい　　2　よそい　　3　よわい　　4　あさい

③ 一昨年、にほんに　きました。
　1　いどとし　2　おととし　3　いさどし　4　おどこし

④ きょうは　涼しいです。
　1　すすしい　2　ずすしい　3　すずしい　4　ずずしい

⑤ この　料理は　辛すぎます。
　1　こう　　　2　から　　　3　あか　　　4　かわ

⑥ あの　人が　大好きです。
　1　たいずき　2　だいすき　3　だいずき　4　たいすき

⑦ えいごの　本は　にほんごの　本より　厚いです。
　1　あつい　　2　あかい　　3　せかい　　4　せつい

⑧ 牛乳を　のみます。
　1　ぎゅうにゅう　　　2　にゅうよく
　3　しゅうにゅう　　　4　ゆにゅう

言語知識（文字・語彙）

言語知識（文法）・讀解

聴解

49

9 難しい しつもんです。
　　1　なんしい　　2　あましい　　3　たかしい　　4　むずかしい

10 でんきを 消して ください。
　　1　しょうし　　2　さし　　　　3　こし　　　　4　けし

11 危ない ところです。
　　1　やぶない　　2　あやない　　3　あぶない　　4　やけない

12 楽しい ばんぐみです。
　　1　らくしい　　2　がくしい　　3　たのしい　　4　うれしい

答題時間 3 分鐘

もんだい2 ＿＿＿の ことばは どう かきますか。
　　　　　　1・2・3・4から いちばん いい ものを ひとつ
　　　　　　えらんで ください。

⑬ やきゅうの <u>ちけっと</u>を かいました。
　　1 チコット　　2 ケソッモ　　3 ケチッコ　　4 チケット

⑭ れんしゅうが <u>おわり</u>ました。
　　1 結わり　　2 束わり　　3 止わり　　4 終わり

⑮ <u>れすとらん</u>で ばんごはんを たべます。
　　1 レストラン　2 レスコアン　3 レスカオン　4 レスコアン

⑯ ことし <u>はたち</u>です。
　　1 十二歳　　2 十四歳　　3 十八歳　　4 二十歳

⑰ <u>ぼーるぺん</u>で かいて ください。
　　1 バーラヘン　2 ビーリベン　3 ボールペン　4 ブーロペン

⑱ けいさつを <u>よび</u>ましょうか。
　　1 読び　　　2 叫び　　　3 並び　　　4 呼び

⑲ ちちは <u>さらりーまん</u>です。
　　1 セルリーメン　　　　　2 サラリーマン
　　3 ソラリーメン　　　　　4 サルリーマン

⑳ <u>あかるい</u> せんせいです。
　　1 朗るい　　2 明るい　　3 栄るい　　4 楽るい

答題時間 6 分鐘

もんだい 3　（　　　）に　なにを　いれますか。1・2・3・4から いちばん　いい　ものを　ひとつ　えらんで　ください。

21　バスに　（　　　）。
　　1　はいります　2　のります　　3　あがります　4　さがります

22　まいばん　はを　（　　　）。
　　1　みがきます　2　あらいます　3　つくります　4　わらいます

23　みちを　（　　　）。
　　1　おします　　2　かけます　　3　おしえます　4　わかります

24　みせの　まえに　くるまが　（　　　）　います。
　　1　おきて　　　2　しまって　　3　おいて　　　4　とまって

25　プールで　（　　　）。
　　1　おぼえます　2　よびます　　3　およぎます　4　かかります

26　さいふから　おかねを　（　　　）。
　　1　いれます
　　2　だします
　　3　つかいます
　　4　あそびます

27　かべに　えが　（　　　）。
　　1　かいて　います
　　2　とまって　います
　　3　かかって　います
　　4　おりて　います

28 しょくどうで　（　　　　）　たべました。

1　すこし
2　たくさん
3　ひとつ
4　あまり

29 きのうは　（　　　　）。

1　はれでした
2　くもりでした
3　ゆきが　ふりました
4　あめが　ふりました

30 まどが　（　　　　）います。

1　しめて
2　しまって
3　あけて
4　あいて

言語知識（文字・語彙）

言語知識（文法）・讀解

聽解

答題時間 4 分鐘

もんだい 4 _____の ぶんと だいたい おなじ いみの
ぶんが あります。1・2・3・4から いちばん いい
ものを ひとつ えらんで ください。

31 この ほんは あつく ありません。
1 この ほんは うすいです。
2 この ほんは たかいです。
3 この ほんは あたらしいです。
4 この ほんは おもしろいです。

32 きのうから なにも たべて いません。
1 たくさんの くだものを たべました。
2 くすりを のみました。
3 いま おなかが いっぱいです。
4 いま おなかが すいて います。

33 にほんごの テストは むずかしくて ほとんど できません
でした。
1 テストは よく できました。
2 テストは かんたんでは ありませんでした。
3 テストは やさしかったです。
4 テストは つまらなかったです。

34 ここで タバコを すわないで ください。
1 ここで タバコを すっても いいです。
2 ここで タバコを すっては いけません。
3 ここで タバコを すなわくても いいです。
4 ここで タバコを すわなくては いけません。

35 ハンバーガーと　コーラで　ちょうど　500 えんです。

　1　ハンバーガーが　500 えんで　コーラも　500 えんです。

　2　ハンバーガーと　コーラで　495 えんです。

　3　ハンバーガーと　コーラで　500 えんです。

　4　ハンバーガーが　495 えんで　コーラが　500 えんです。

時間還剩 8 分鐘，再檢查一下吧

言語知識（文法）・讀解

考試科目 <考試時間>		
言語知識 （文字・語彙） <25 分鐘>	言語知識 （文法）・讀解 <50 分鐘>	聽解 <30 分鐘>

Language Knowledge(Grammar)・Reading

問題用紙

N5

言語知識（文法）・読解

（50 ぷん）

注 意
Notes

1. 試験が始まるまで、この問題用紙をあけないでください。

   Do not open this question booklet until the test begins.

2. この問題用紙を持ってかえることはできません。

   Do not take this question booklet with you after the test.

3. 受験番号となまえをしたの欄に、受験票とおなじようにかいてください。

   Write your examinee registration number and name clearly in each box below as written on your test voucher.

4. この問題用紙は、全部で 15 ページあります。

   This question booklet has 15 pages.

5. 問題には解答番号の 1 、 2 、 3 …があります。

   解答は、解答用紙にあるおなじ番号のところにマークしてください。

   One of the row number 1 , 2 , 3 …is given for each question. Mark your answer in the same row of the answer sheet.

受験番号 Examinee Registration Number	

なまえ Name	

答題時間 6 分鐘

もんだい1（　　）に　何を　入れますか。1・2・3・4から
いちばん　いい　ものを　一つ　えらんで　ください。

1 映画（　　）英語の　勉強を　します。
1 に　　　2 で　　　3 を　　　4 が

2 髪の　毛を　（　　）しました。
1 みじかく　2 みじかくに　3 みじかいに　4 みじかに

3 この　町は　（　　）とても　いいです。
1 便利だ　2 便利で　3 便利な　4 便利の

4 お風呂に　入る前（　　）、体を　洗います。
1 で　　　2 に　　　3 へ　　　4 が

5 体育館（　　）試合を　します。
1 が　　　2 に　　　3 で　　　4 は

6 日本語の　漫画を　（　　）単語を　覚えます。
1 読む　　2 読め　　3 読んだ　　4 読んで

7 テニスは　あまり　（　　）。
1 好きです　　　　2 好きしません
3 好きでは　ありません　　4 好きは　ありません

8 おとといい　海へ　（　　）。
1 いきます　　　　2 いくつもりです
3 いきました　　　4 いきたいです

言語知識（文字・語彙）

言語知識（文法）・讀解

聽解

9 （　　　）　あまり　好きでは　ありません。
1　どちらを　　2　どちらの　　3　どちらも　　4　どちらか

10 入り口に　たくさんの　人（　　　）　並んで　います。
1　が　　　　2　で　　　　3　を　　　　4　に

11 夜に　なると　静か（　　　）　なります。
1　へ　　　　2　を　　　　3　で　　　　4　に

12 タクシーで　（　　　）ほうが　いいです。
1　行た　　　2　行か　　　3　行き　　　4　行った

13 小さい　頃は　猫　（　　　）　遊んで　いました。
1　と　　　　2　に　　　　3　を　　　　4　が

14 学校の　ちかくに　（　　　）　きれいな　店が　ありますか。
1　おいしくて　　　　　　　2　おいしいで
3　おいしいので　　　　　　4　おいして

15 授業（　　　）　はじまります。
1　へ　　　　2　が　　　　3　を　　　　4　で

16 宿題は　まだ　（　　　）。
1　できました　　　　　　　2　できて　いません
3　できます　　　　　　　　4　できませんでした

もんだい2 ___★___ に 入_{はい}る ものは どれですか。

1・2・3・4から いちばん いい ものを 一_{ひと}つ
えらんで ください。

17 アルバイトは＿＿＿ ＿＿＿ ＿★＿ ＿＿＿です。

1 18時_じ　　　2 8時_じ　　　3 まで　　　4 から

18 まいばん　本_{ほん}を＿＿＿、＿★＿ ＿＿＿ ＿＿＿。

1 します　　　2 読_よんだり　　3 聴_きいたり　　4 音楽_{おんがく}を

19 この＿＿＿ ＿★＿ ＿＿＿ ＿＿＿ください。

1 を　　　　　2 忘_{わす}れない　　3 で　　　　4 約束_{やくそく}

20 歌_{うた}が＿＿＿ ＿★＿ ＿＿＿、＿＿＿に　なりたいです。

1 歌手_{かしゅ}　　　2 です　　　3 うまい　　4 から

21 わたしは ＿★＿ ＿＿＿ ＿＿＿ ＿＿＿テレビを　見_みます。

1 お風呂_{ふろ}　　　2 まえに　　　3 入_{はい}る　　　4 に

 **答題時間 6 分鐘**

もんだい3 　22 　から　26 　に　何を　入れますか。ぶんしょうの
　　　　　いみを　かんがえて、1・2・3・4から　いちばん
　　　　　いい　ものを　一つ　えらんで　ください。

タイ人の　リナさんは　好きな　かしゅに　ついて　話して　います。

　にほんに　22 　前から　辰也ちゃんの　ことが　大好きです。
はじめは　ざっしの　紹介を　よんで、辰也ちゃんの　コンサー
トを　みに　行きました。

　辰也ちゃんは　やさしくて　うたも　うまいので、タイでは　大
人気　です。

　いまは　よく　辰也ちゃんの　うたを　23 、ドラマを　みたり
して、にほんごの　べんきょうを　して　います。いまは　24
にほんごが　じょうずでは　ありません。25 、将来は　にほんごで
辰也ちゃんに　てがみを　26 と　思います。

22

1 来て　　　2 来る　　　3 来た　　　4 来ないで

23

1 聞いたり　　2 聞いて　　3 聞く　　4 聞いた

24

1 では　　　2 まだ　　　3 また　　　4 しかし

25

1 そして　　2 それから　3 それで　　4 でも

26

1 書いた　　2 書きません　3 書きたい　4 書いたり

答題時間 8 分鐘

もんだい4　つぎの　ぶんを　読んで　しつもんに　こたえて　ください。こたえは　1・2・3・4から　いちばん　いい　ものを　一つ　えらんで　ください。

(1)

ハリーさんの　日記です。

> 今日は　秋葉原に　行った。アニメの　DVDも　たくさん　売って　いたけど、今日は　コンピューターの　部品だけを　買った。あしたは　マンガを　買いに　中野へ　行こうと　思う。中野には　マンガ専門の　本屋が　ある。

27　ハリーさんは　今日　何を　しましたか。
　　1　秋葉原へ　行って、アニメの　DVDを　買った。
　　2　秋葉原へ　行って、コンピューターの　部品を　買った。
　　3　中野へ　行って、アニメの　DVDを　買った。
　　4　中野へ　行って、マンガを　買った。

言語知識（文字・語彙）

言語知識（文法）・讀解

聽解

(2)

留学生の パクさんが アルバイトを している 店の 店長にメールしました。

鈴木店長

パクです。かぜを ひきました。ねつが あります。今 びょういんに います。
お医者さんが「今日は しごとを しないで 寝なければ いけません」と 言いました。
どうも すみません。

---

28 パクさんの 言いたい ことは 何ですか。

1 かぜを ひいたので、家で しごとを します。

2 かぜを ひきましたが、家で 寝ません。

3 かぜを ひいたので、アルバイトを 休みます。

4 かぜを ひきましたが、アルバイトに 行きます。

（3）

鈴木店長（すずき てんちょう）が　アルバイトの　パクさんに　メールしました。

パクさん：

かぜで　ねつが　あるのですか、大変（たいへん）ですね。

さっき　キムさんに　電話（でんわ）しました。しごとに　出る（で）　ことが

できると　言って（い）　いました。

だから、安心（あんしん）して、ゆっくり　休んで（やす）　ください。

鈴木（すずき）

29　アルバイトの　しごとは　だれが　しますか。

　1　パクさんが　休んで（やす）、キムさんが　しごとを　します。

　2　キムさんが　休んで（やす）、パクさんが　しごとを　します。

　3　キムさんと　パクさんが　しごとを　します。

　4　パクさんも　キムさんも　しごとを　しません。

もんだい5　つぎの　ぶんを　読んで　しつもんに　こたえて　ください。こたえは　1・2・3・4から　いちばん　いい　ものを　一つ　えらんで　ください。

　すしや　てんぷらなどの　日本の　りょうりは、外国でも　食べる　ことが　できます。しかし、今も　外国では　食べる　ことが　できない　日本の　りょうりが　あります。それは　「たまごかけごはん」です。

　たまごかけごはんは、あつい　ごはんに　生の　たまごを　入れて　混ぜるだけの　かんたんな　りょうりです。しょうゆを　かけて　食べる　ことが　多いです。

　なぜ　たまごかけごはんは　外国で　食べる　ことが　できないのでしょうか。

　日本では　ニワトリが　産んだ　たまごを　きれいに　洗ってから　売ります。しかし、外国では　たまごを　洗いません。ですから、生の　たまごを　食べると　病気に　なる　ことが　あります。

　たまごかけごはんは　日本でしか　食べる　ことが　できない　りょうりなのです。

30　「たまごかけごはん」は　どんな　りょうりですか。
1　外国で　食べる　ことが　できる　日本の　りょうりです。
2　日本で　食べる　ことが　できる　外国の　りょうりです。
3　ごはんと　たまごを　使った　かんたんな　りょうりです。
4　ごはんと　さしみを　使った　かんたんな　りょうりです。

[31] どうして　外国では　たまごかけごはんを　食べる　ことが
できないのですか。
1　すしや　てんぷらを　食べるから。
2　しょうゆを　かけて　食べるから。
3　たまごを　きれいに　洗って　いるから。
4　病気に　なる　ことが　あるから。

もんだい6　つぎの　ページは「温泉の　入り方」です。つぎの
**　　　　　ぶんを　読んで、しつもんに　こたえて　ください。**
**　　　　　こたえは　1・2・3・4から　いちばん　いい　ものを**
**　　　　　一つ　えらんで　ください。**

　はだが　きれいに　なる　温泉が　あります。ドイツ人の　ハ
ンナさんは　きれいな　はだに　なりたいので　この　温泉に
来ました。

32　ハンナさんが　しなければ　ならないのは、つぎの　1・2・3・
　　4の　うち　どれですか。
　　1　いちばん　最初に　温泉に　入ります。
　　2　肩まで　温泉に　入る　まえに、足だけを　お湯に
　　　　入れます。
　　3　タオルを　腰に　巻いて　温泉に　入ります。
　　4　温泉から　出る　とき　シャワーを　浴びます。

68

温泉（おんせん）の　入（はい）り方（かた）

・体（からだ）を　洗（あら）ってから　温泉（おんせん）に　入（はい）りましょう。
・最初（さいしょ）に　足（あし）だけを　お湯（ゆ）に　入（い）れて、体（からだ）を　温（あたた）かく　しましょう。
・体（からだ）が　温（あたた）かく　なってから　肩（かた）まで　温泉（おんせん）に　入（はい）って　ください。
・温泉（おんせん）の　お湯（ゆ）に　タオルを　入（い）れないで　ください。
・心臓（しんぞう）の　弱（よわ）い　人（ひと）は、3分以上（ぶんいじょう）　温泉（おんせん）に　入（はい）らないで　ください。
・温泉（おんせん）から　出（で）るとき、シャワーを　浴（あ）びると、温泉（おんせん）の　効果（こうか）が　弱（よわ）く　なります。

言語知識（文字・語彙）

言語知識（文法）・讀解

聽解

時間還剩 10 分鐘，再檢查一下吧

聴解

考試科目 <考試時間>		
言語知識 （文字・語彙） <25 分鐘>	言語知識 （文法）・讀解 <50 分鐘>	聴解 <30 分鐘>

Listenting

N5

ちょうかい
聴解

（30 ぷん）

注 意
ちゅう い

Notes

1. 試験が始まるまで、この問題用紙を開けないでください。
しけん はじ　　　　　　もんだいようし　　あ

   Do not open this question booklet until the test begins.

2. この問題用紙を持って帰ることはできません。
もんだいようし　も　　かえ

   Do not take this question booklet with you after the test.

3. 受験番号と名前を下の欄に、受験票と同じように書いてください。
じゅけんばんごう　なまえ　した　らん　　じゅけんひょう　おな　　　　か

   Write your examinee registration number and name clearly in each box below as written on your test voucher.

4. この問題用紙は、全部で14ページあります。
もんだいようし　　　ぜんぶ

   This question booklet has 14 pages.

5. この問題用紙にメモをとってもいいです。
もんだいようし

   You may make notes in this question booklet.

じゅけんばんごう 受験番号　Examinee Registration Number	

なまえ 名前　Name	

もんだい１

　もんだい１では　はじめに　しつもんを　きいて　ください。
それから　はなしを　きいて、もんだいようしの　１から　４の
なかから、いちばん　いい　ものを　ひとつ　えらんで　ください。

１ばん　MP3 2-1

20XX 年　5 月						
日	月	火	水	木	金	土
		1	2	3	4	5
6	7	8	9	10	11	12
13	14	15	16	17	18	19
20	21	22	23	24	25	26
27	28	29	30	31		

1 — 3
2 — 7
3 — 19
4 — 23

言語知識（文字・語彙）

言語知識（文法）・讀解

聴解

73

2 ばん 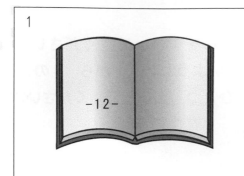 MP3 2-2

1 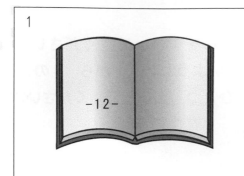 -12-	2  -102-
3  -120-	4  -122-

3 ばん MP3 2-3

1 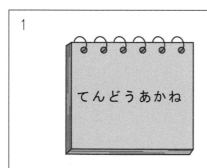 てんどうあかね	2  てんどう茜
3  天道あかね	4 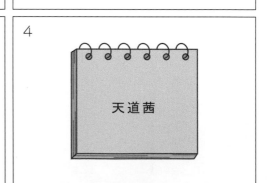 天道茜

N5 第二回

4 ばん 🎧 MP3 2-4

1 	2 
3 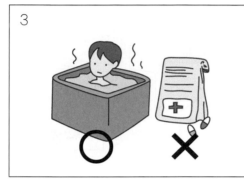	4 

5 ばん 🎧 MP3 2-5

1 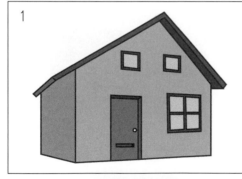	2 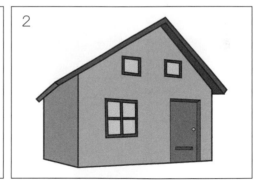
3 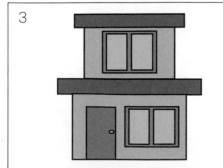	4 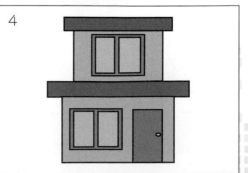

言語知識（文字・語彙）

言語知識（文法）・讀解

聽解

6 ばん 🎧 MP3 2-6

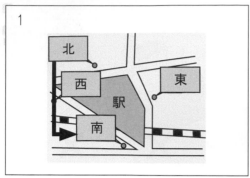

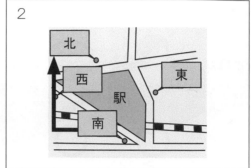

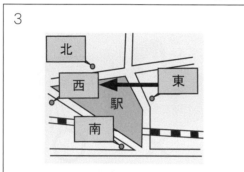

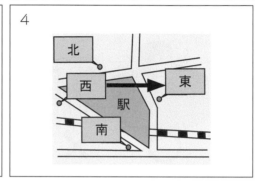

7 ばん 🎧 MP3 2-7

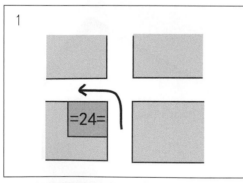

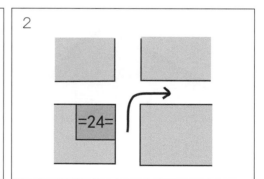

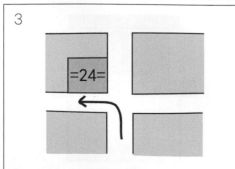

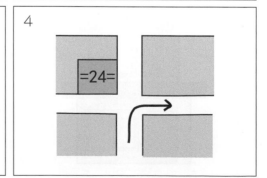

もんだい 2

　もんだい 2 では　はじめに、しつもんを　きいて　ください。
それから　はなしを　きいて、もんだいようしの　1から　4の
なかから、いちばん　いい　ものを　ひとつ　えらんで　ください。

1 ばん  MP3 2-8

　　1　えきビルの　3がい
　　2　しろい　ビルの　3がい
　　3　えきビルの　2かい
　　4　しろい　ビルの　2かい

2 ばん MP3 2-9

　　1　さかな＋スープ＋のみもの
　　2　さかな＋サラダ＋ケーキ＋のみもの
　　3　にく＋サラダ＋のみもの
　　4　にく＋サラダ＋ケーキ＋のみもの

3 ばん MP3 2-10

　　1　1しゅうかん
　　2　2しゅうかん
　　3　1かげつ
　　4　2かげつ

言語知識（文字・語彙）

言語知識（文法）・讀解

聽解

4 ばん 🎧 MP3 2-11

1 くろい＋まるい
2 くろい＋しかくい
3 しろい＋まるい
4 しろい＋しかくい

5 ばん 🎧 MP3 2-12

1 うみの　しゃしん
2 やまの　しゃしん
3 おてらの　しゃしん
4 まちの　しゃしん

6 ばん 🎧 MP3 2-13

1 1かい
2 2かい
3 3かい
4 4かい

もんだい3

　もんだい3では、えを　みながら　しつもんを　きいて　ください。
やじるし（→）の　ひとは　なんと　いいますか。1から　3の
なかから、いちばん　いい　ものを　ひとつ　えらんで　ください。

1 ばん  MP3 2-14

言語知識（文字・語彙）

言語知識（文法）・讀解

聽解

2 ばん 🎧 MP3 2-15

3 ばん 🎧 MP3 2-16

4 ばん 🎧 MP3 2-17

5 ばん 🎧 MP3 2-18

言語知識（文字・語彙）

言語知識（文法）・讀解

聴解

もんだい 4

もんだい 4 は、えなどが ありません。ぶんを きいて、1から 3の なかから、いちばん いい ものを ひとつ えらんで ください。

――メモ――

1 ばん 🎧 MP3 2-19   **4 ばん** 🎧 MP3 2-22

2 ばん 🎧 MP3 2-20   **5 ばん** 🎧 MP3 2-23

3 ばん 🎧 MP3 2-21   **6 ばん** 🎧 MP3 2-24

言語知識
（文字・語彙）

考試科目 <考試時間>		
言語知識 （文字・語彙） <25分鐘>	言語知識 （文法）・讀解 <50分鐘>	聽解 <30分鐘>

Language Knowledge (Vocabulary) もんだいようし

N5

げんごちしき（もじ・ごい）

（25 ふん）

ちゅうい
Notes

1. しけんが はじまるまで、この もんだいようしを あけないで ください。
   Do not open this question booklet until the test begins.

2. この もんだいようしを もって かえる ことは できません。
   Do not take this question booklet with you after the test.

3. じゅけんばんごうと なまえを したの らんに、じゅけんひょうと
   おなじように かいて ください。
   Write your examinee registration number and name clearly in each box below as written on your test voucher.

4. この もんだいようしは、ぜんぶで 8ページ あります。
   This question booklet has 8 pages.

5. もんだいには かいとうばんごうの ①、②、③…が あります。
   かいとうは、かいとうようしに ある おなじ ばんごうの ところに
   マークして ください。
   One of the row number ①, ②, ③ …is given for each question. Mark your answer in the same row of the answer sheet.

じゅけんばんごう Examinee Registration Number	

なまえ Name	

 答題時間 4 分鐘

もんだい1　＿＿＿の　ことばは　ひらがなで　どう　かきますか。

1・2・3・4から　いちばん　いい　ものを　ひとつ
えらんで　ください。

1 きのうは　曇りでした。
　　1 からり　　　2 くろり　　　3 くもり　　　4 わるり

2 ふくを　脱ぎます。
　　1 だぎ　　　2 ぬぎ　　　3 めぎ　　　4 のぎ

3 しごとが　忙しいです。
　　1 いそがしい　2 そそがしい　3 たらかしい　4 ささかしい

4 お兄さんは　親切です。
　　1 しんぜつ　　2 しんせつ　　3 しせつ　　　4 じんせつ

5 この　じてんしゃは　軽いです。
　　1 すこい　　　2 おおい　　　3 とおい　　　4 かるい

6 図書館で　べんきょうします。
　　1 としょうかん　　　　　2 とっしょかん
　　3 としょかん　　　　　　4 とっしょかん

7 黒い　つくえです。
　　1 くらい　　　2 くろい　　　3 こくい　　　4 こい

8 兄弟が　ふたり　います。
　　1 きょうだい　　　　　　2 きょうたい
　　3 きゅうてい　　　　　　4 きゅうでい

言語知識（文字・語彙）

言語知識（文法）・讀解

聽解

85

9 <u>今朝</u> ろくじに おきました。

1 おか　　　　2 かさ　　　　3 さき　　　　4 けさ

10 ピアノを <u>習い</u>ます。

1 ならい　　　2 なべい　　　3 ながい　　　4 なぞい

11 あかい <u>傘</u>です。

1 さん　　　　2 かさ　　　　3 けさ　　　　4 えさ

12 しゅくだいを <u>忘れ</u>ました。

1 わいれ　　　2 わされ　　　3 わすれ　　　4 わかれ

答題時間 3 分鐘

もんだい2　＿＿＿の　ことばは　どう　かきますか。
　　　　　1・2・3・4から　いちばん　いい　ものを　ひとつ
　　　　　えらんで　ください。

13　ほんだなに　ざっしが　あります。
　　1　本棚　　　　2　書棚　　　　3　書架　　　4　本架

14　その　にゅーすを　ききました。
　　1　リョーソ　　2　ニョーソ　　3　ニュース　　4　ニョース

15　せびろを　きます。
　　1　背広　　　　2　礼服　　　　3　上着　　　4　正装

16　かれは　すぽーつが　きらいです。
　　1　アカーツ　　2　スポーツ　　3　ヌヘーツ　　4　サバーツ

17　ちちは　タバコを　すいます。
　　1　吸い　　　　2　抽い　　　　3　吹い　　　4　食い

18　たんじょうびかーどを　おくりました。
　　1　ネーノ　　　2　ケーオ　　　3　ワーコ　　　4　カード

19　じょうぶな　かばんです。
　　1　太夫　　　　2　丈夫　　　　3　上等　　　4　大夫

20　すりっぱを　はきます。
　　1　セロッボ　　2　スッリパ　　3　ソリッホ　　4　スリッパ

もんだい3 （　　　）に　なにを　いれますか。1・2・3・4から いちばん　いい　ものを　ひとつ　えらんで　ください。

21 さとうを　（　　　）。
　1 はいります　2 いります　3 いれます　4 のみます

22 あかちゃんが　（　　　）。
　1 ひきました　　　　　　2 おしました
　3 だしました　　　　　　4 うまれました

23 がっこうまで　1じかん（　　　）。
　1 かりました　　　　　　2 けしました
　3 つかいました　　　　　4 かかりました

24 げんきに　（　　　）。
　1 あります　2 なります　3 かけます　4 とまります

25 へやを　（　　　）。
　1 はいります　　　　　　2 でます
　3 おります　　　　　　　4 のります

26 （　　　）で　パンを　たべないで　ください。
　1 きたない　スプーン
　2 きたない　ナイフ
　3 きたない　フォーク
　4 きたない　て

27 せが （　　　　）から、いいズボンが　ありません。
　　1 おおきい
　　2 たかい
　　3 ひろい
　　4 ながい

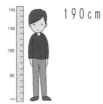
190cm

28 （　　　　）　デパートです。
　　1 しずかな
　　2 あたたかい
　　3 にぎやかな
　　4 ふとい

29 ピアノを　（　　　　）。
　　1 ひきます
　　2 しらべます
　　3 ききます
　　4 かけます

30 ほんやで　ほんを　（　　　　）かいました。
　　1 三っつ
　　2 三ぽん
　　3 三ケこ
　　4 三さつ

答題時間 4 分鐘

もんだい4　　＿＿＿の　ぶんと　だいたい　おなじ　いみの
　　　　　　ぶんが　あります。1・2・3・4から　いちばん　いい
　　　　　　ものを　ひとつ　えらんで　ください。

31 ここで　たばこを　すわないで　ください。

1 ここで　たばこを　すっても　いいです。

2 ここで　たばこを　すわなくても　いいです。

3 ここで　たばこを　すっては　いけません。

4 ここで　たばこを　すわなくては　いけません。

32 ひとが　すくないです。

1 ひとが　おおくないです。

2 ひとが　おおいです。

3 おおぜいの　ひとです。

4 いろいろな　ひとです。

33 かばんを　あらいました。

1 かばんを　もらいました。

2 かばんが　きたなく　なりました。

3 あたらしい　かばんを　かいました。

4 かばんを　きれいに　しました。

34 にほんごも　えいごも　どちらも　じょうずではありません。

1 にほんごと　えいごが　へたです。

2 にほんごと　えいごが　じょうずです。

3 にほんごが　じょうずで　えいごが　へたです。

4 にほんごが　へたで　えいごが　じょうずです。

35 ちかくに　ゆうびんきょくは　ないでしょうか。

1　ちかくに　ゆうびんきょくは　ありません。

2　ちかくに　ゆうびんきょくが　あります。

3　ちかくに　ゆうびんきょくが　ありますか。

4　ちかくに　ゆうびんきょくは　ありませんでした。

言語知識（文字・語彙）

言語知識（文法）・讀解

聽解

時間還剩 8 分鐘，再檢查一下吧

言語知識
（文法）・讀解

考試科目 <考試時間>		
言語知識 （文字・語彙） <25 分鐘>	言語知識 （文法）・讀解 <50 分鐘>	聽解 <30 分鐘>

Language Knowledge(Grammar) • **Reading**　　　問題用紙

N5

言語知識（文法）・読解

（50 ぷん）

注　意
Notes

1. 試験が始まるまで、この問題用紙をあけないでください。

   Do not open this question booklet until the test begins.

2. この問題用紙を持ってかえることはできません。

   Do not take this question booklet with you after the test.

3. 受験番号となまえをしたの欄に、受験票とおなじようにかいてください。

   Write your examinee registration number and name clearly in each box below as written on your test voucher.

4. この問題用紙は、全部で 15 ページあります。

   This question booklet has 15 pages.

5. 問題には解答番号の 1 、 2 、 3 …があります。

   解答は、解答用紙にあるおなじ番号のところにマークしてください。

   One of the row number 1 , 2 , 3 …is given for each question. Mark your answer in the same row of the answer sheet.

受験番号　Examinee Registration Number	

なまえ　Name	

答題時間 6 分鐘

もんだい1 （　　）に 何を 入れますか。1・2・3・4から
　　　　　いちばん いい ものを 一つ えらんで ください。

1 来週は 日本へ 旅行（　　　） 行きます。
　1 を　　　2 で　　　3 に　　　4 も

2 韓国語は ぜんぜん （　　　）。
　1 わかります　　　　　2 わかりました
　3 わかりません　　　　4 わかりますか

3 きのう（　　　） 教室で 勉強しました。
　1 へ　　　2 を　　　3 に　　　4 は

4 雨が （　　　） 運動会は 中止しません。
　1 ふらなくて　2 ふっても　3 ふってから　4 ふりに

5 パソコンを （　　　） ばんぐみ 見ます。
　1 つかって　2 つかう　3 つかった　4 つかえ

6 小学校の 前（　　　） 通りました。
　1 に　　　2 へ　　　3 で　　　4 を

7 午前中は （　　　） 行きましたか。
　1 どこへも　2 どこかへ　3 どこが　4 どこで

8 雨（　　　） くつが きたなく なりました。
　1 で　　　2 に　　　3 は　　　4 が

9 父は 毎晩 （　　　） 前に 本を 読みます。
　1 寝て　　　2 寝る　　　3 寝た　　　4 寝ぬ

言語知識（文字・語彙）

言語知識（文法）・讀解

聽解

95

10 この　かばんは　丈夫（　　　　）から、よく　売れて　います。

1 だ　　　　　2 の　　　　　3 な　　　　　4 で

11 わたしは　将来　日本の　会社で　（　　　　）です。

1 つとめたい　　　　　　　　　2 つとめりたい

3 はたらいたい　　　　　　　　4 はたらきたい

12 忙しくて　朝から　何も　（　　　　）。

1 食べないでした　　　　　　　2 食べました

3 食べて　います　　　　　　　4 食べて　いません

13 彼は　ピアノが　（　　　　）　上手です。

1 よく　　　　　2 とても　　　　3 あまり　　　4 だいたい

14 大きい　こえ（　　　　）　話して　ください。

1 に　　　　　2 で　　　　　3 を　　　　　4 が

15 その　ことは　もう　（　　　　）。

1 聞きます　　　　　　　　　　2 聞きません

3 聞いて　います　　　　　　　4 聞いて　いません

16 スポーツの　中で　一番（　　　　）は　野球です。

1 好きの　　　　2 好きだの　　　3 好きがの　　　4 好きなの

答題時間 4 分鐘

もんだい2 ___★___に 入（はい）る ものは どれですか。

1・2・3・4から いちばん いい ものを 一（ひと）つ

えらんで ください。

17 彼女（かのじょ）は_____ _____ ___★___ _____なって います。

1 に　　　　2 日本語（にほんご）　　3 上手（じょうず）　　4 が

18 ジュースを 二（ふた）つ_____ _____ ___★___ _____お願（ねが）いします。

1 を　　　　2 と　　　　3 お弁当（べんとう）　　4 一（ひと）つ

19 入院（にゅういん）___★___ _____、_____ _____休（やす）みます。

1 まで　　　2 から　　　3 来週（らいしゅう）　　4 します

20 郵便局（ゆうびんきょく）_____ _____ _____ ___★___行（い）きます。

1 切手（きって）を　　2 買（か）い　　3 に　　　　4 へ

21 歌（うた）___★___ _____ _____ _____好（す）きです。

1 を　　　　2 が　　　　3 の　　　　4 歌（うた）う

答題時間 6 分鐘

もんだい3 22 から 26 に 何^{なに}を 入^いれますか。ぶんしょうの
いみを かんがえて、1・2・3・4から いちばん
いい ものを 一^{ひと}つ えらんで ください。

チンさんは 日本^{にほん}に 短期研修^{たんきけんしゅう}に 来^きました。チンさんの 自己紹介^{じこしょうかい}
です。

みなさん、はじめまして。ホンコンから22 チン・コクカです。
ホンコンでは りょうしんと いっしょに 住^すんで いて、ふた
りの 子^こどもが 23。娘^{むすめ}も 息子^{むすこ}も 小学校^{しょうがっこう}で べんきょうし
ています。つまは 主婦^{しゅふ}です。

わたしの しゅみは 海外旅行^{かいがいりょこう} です。いままで 家族旅行^{かぞくりょこう}に
何回^{なんかい}も いって きました。韓国^{かんこく}、アメリカ、24 カナダなどの
旅行^{りょこう}で、たのしい 思^{おも}い出^でが 25 あります。これから 1か月^{げつ}
26 にほんで 研修生活^{けんしゅうせいかつ}を します。どうぞ よろしく おねが
い します。

22
　　1 行^いく　　2 行^いった　　3 来^くる　　4 来^きた

23
　　1 います　　2 あります　　3 いました　　4 ありました

24
　　1 そして　　2 そこで　　3 それも　　4 それとも

25
　　1 おおぜい　2 おおきく　3 いっぱい　4 おもく

26
　　1 やく　　　2 くらい　　3 ちかい　　4 ながい

答題時間 8 分鐘

もんだい4 つぎの ぶんを 読んで しつもんに こたえて
ください。こたえは 1・2・3・4から いちばん
いい ものを 一つ えらんで ください。

（1）
台湾の 呉さんが 先生に 手紙を 書きました。

山中先生：

先週 台湾に 帰りました。りょうしんと ちかくの お寺へ
行きました。

母が 作った 台湾料理も たくさん 食べました。

春節が 終わって 日本に 帰ったら、また がんばって
べんきょうします。

27 正しい 内容の 文は どれですか。
　1 呉さんは 今 台湾に います。
　2 呉さんの りょうしんは 今 日本に います。
　3 春節の あと、呉さんは 台湾へ 行きます。
　4 春節は もう 終わりました。

言語知識（文字・語彙）
言語知識（文法）・讀解
聽解

（2）

インターネットの　掲示板の　会話です。

のぞみ：やすしくんは　きよしくんより　背が　高かったよね。

ひかり：うん。それから、ひろしくんは　きよしくんより　背が
　　　　低いの。

のぞみ：そうそう。それで、たかしくんが　一番　背が　高かっ
　　　　たんだよね。

28　二番目に　背が　高いのは　だれですか。
　　1　たかし
　　2　ひろし
　　3　やすし
　　4　きよし

（3）

田中さんから　陳さんに　メールの　返事が　返って　きました。

陳さん：

それでは　1時間も　遅刻ですよ　(^_^;

準備も　ありますから、15分前に　来て　ください。

田中

＞田中さん：

＞あしたの　かいぎは、10時からでしたよね。

＞陳より

29 陳さんは　何時に　かいぎに　行きますか。
　1　8時45分
　2　9時
　3　9時45分
　4　10時

⏱ 答題時間 8 分鐘

もんだい5 つぎの ぶんを 読んで しつもんに こたえて ください。こたえは 1・2・3・4から いちばん いい ものを 一つ えらんで ください。

きのう 海へ 行きました。お父さんと 男の子が 釣りを して いました。

男の子が さかなを 釣りました。「この さかなの 名前は 何ですか」と 聞くと 「ツバスですよ」と 男の子が 言いました。お父さんは 「さしみで 食べると おいしいですよ」と 言いました。

次に お父さんが さかなを 釣りました。同じ さかなでした。「また ツバスですね」と わたしが 言うと、お父さんは「これは ハマチです」と 言いました。

わたしは「同じ さかなじゃ ないんですか」と 聞きました。

「この さかなは、小さい ときは ツバスと いいますが、大きく なると ハマチと いうんですよ。もっと 大きく なると ブリと いいます」と 男の子が 教えて くれました。

わたしは びっくりしました。

「2匹 釣れたから、1匹 あなたに あげましょう」と お父さんが 言いました。 わたしは 小さい さかなを もらって いえに 帰りました。

30 この 人 は どうして びっくりしましたか。

1 さしみが とても おいしかったから。
2 お父さんが 大きい さかなを 釣ったから。
3 大きく なると 名前が 変わる さかなが いたから。
4 小さい さかなを もらったから。

31 この 人は 何を もらいましたか。
1 さしみ
2 ツバス
3 ハマチ
4 ブリ

 答題時間 8 分鐘

もんだい6 つぎの　ページは「カラオケの　ご案内」と「カラオ
ケの料金表」です。つぎの　ぶんを　読んで、しつも
んに　こたえて　ください。こたえは　1・2・3・4
から　いちばん　いい　ものを　一つ　えらんで
ください。

　　岡部先生は　先週の　金曜日　学生4人と　いっしょに　カラオケ
に行きました。よる　7時から　10時まで　うたを　うたいました。

32　カラオケの　代金は、ぜんぶで　いくらですか。
　1　9,000円
　2　7,800円
　3　7,500円
　4　6,300円

カラオケの　ご<ruby>案内<rt>あんない</rt></ruby>

・<ruby>月曜日<rt>げつようび</rt></ruby>から　<ruby>木曜日<rt>もくようび</rt></ruby>と、<ruby>金曜日<rt>きんようび</rt></ruby>の　10:00-18:00は　A<ruby>料金<rt>りょうきん</rt></ruby>です。
・<ruby>金曜日<rt>きんようび</rt></ruby>の　18:00-24:00と　<ruby>土曜日<rt>どようび</rt></ruby>・<ruby>日曜日<rt>にちようび</rt></ruby>は　B<ruby>料金<rt>りょうきん</rt></ruby>です。
・<ruby>祝日<rt>しゅくじつ</rt></ruby>の　<ruby>前日<rt>ぜんじつ</rt></ruby>18:00-24:00と　<ruby>祝日<rt>しゅくじつ</rt></ruby>は　B<ruby>料金<rt>りょうきん</rt></ruby>です。
・<ruby>学生料金<rt>がくせいりょうきん</rt></ruby>で　<ruby>利用<rt>りよう</rt></ruby>される　<ruby>お客様<rt>きゃくさま</rt></ruby>は、<ruby>学生証<rt>がくせいしょう</rt></ruby>を　<ruby>見<rt>み</rt></ruby>せて　ください。
・<ruby>小学生<rt>しょうがくせい</rt></ruby>　<ruby>以下<rt>いか</rt></ruby>の　<ruby>お子様<rt>こさま</rt></ruby>は、<ruby>一般料金<rt>いっぱんりょうきん</rt></ruby>の　<ruby>半分<rt>はんぶん</rt></ruby>の　<ruby>料金<rt>りょうきん</rt></ruby>を　いただきます。

カラオケの　<ruby>料金表<rt>りょうきんひょう</rt></ruby>（1<ruby>人<rt>ひとり</rt></ruby>/1<ruby>時間<rt>じかん</rt></ruby>）

	A料金		B料金	
	学生	一般	学生	一般
10:00-13:00	200	300	300	400
13:00-18:00	300	400	400	500
18:00-24:00	400	500	500	600

言語知識（文字・語彙）

言語知識（文法）・讀解

聽解

 時間還剩10分鐘，再檢查一下吧

第 3 回

聴解

考試科目 <考試時間>		
言語知識 （文字・語彙） <25 分鐘>	言語知識 （文法）・讀解 <50 分鐘>	聴解 <30 分鐘>

Listenting

N5

ちょう かい
聴解

（30 ぷん）

ちゅう　い
注　意
Notes

し けん はじ　　　　　　　　　　　　もんだいようし　あ
1. 試験が始まるまで、この問題用紙を開けないでください。

Do not open this question booklet until the test begins.

もんだいようし　も　　かえ
2. この問題用紙を持って帰ることはできません。

Do not take this question booklet with you after the test.

じゅけんばんごう　な まえ　した　らん　じゅけんひょう　おな
3. 受験番号と名前を下の欄に、受験票と同じように書いてください。

Write your examinee registration number and name clearly in each box below as written on your test

voucher.

もんだいようし　　　　　ぜん ぶ
4. この問題用紙は、全部で14ページあります。

This question booklet has 14 pages.

もんだいようし
5. この問題用紙にメモをとってもいいです。

You may make notes in this question booklet.

じゅけんばんごう
受 験 番 号　Examinee Registration Number

な まえ
名 前　Name

もんだい1

　もんだい1では　はじめに　しつもんを　きいて　ください。
それから　はなしを　きいて、もんだいようしの　1から　4の
なかから、いちばん　いい　ものを　ひとつ　えらんで　ください。

1ばん 🎧 MP3 3-1

言語知識（文字・語彙）

言語知識（文法）・讀解

聴解

109

2 ばん 🎧 MP3 3-2

			20XX 年　8 月			
日	月	火	水	木	金	土
			1	2	3	4
5	6	7	8	9	10	11
12	13	14	15	16	17	18
19	20	21	22	23	24	25
26	27	28	29	30	31	

1 →
2 →
3 ←
4 ←

3 ばん 🎧 MP3 3-3

4 ばん 🎧 MP3 3-4

1

2

3

4

5 ばん 🎧 MP3 3-5

1

2

3

4

6 ばん 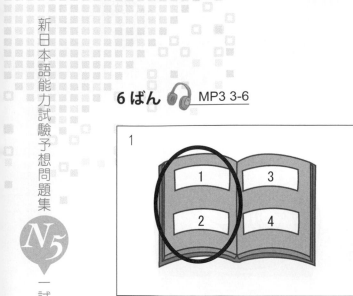 MP3 3-6

7 ばん MP3 3-7

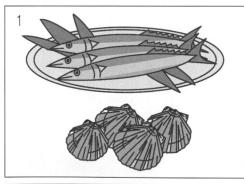

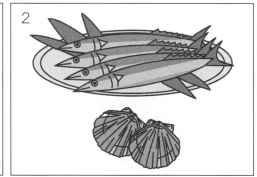

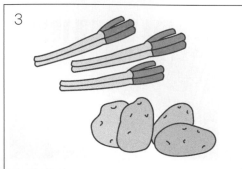

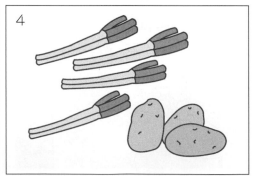

もんだい2

　もんだい2では　はじめに、しつもんを　きいて　ください。
それから　はなしを　きいて、もんだいようしの　1から　4の
なかから、いちばん　いい　ものを　ひとつ　えらんで　ください。

1ばん  MP3 3-8

　1　いちばん　うえの　だん
　2　いちばん　したの　だん
　3　まんなかの　だん
　4　うえから　にばんめの　だん

2ばん MP3 3-9

　1　さしみ
　2　ケーキ
　3　ステーキ
　4　ラーメン

3ばん MP3 3-10

　1　ロックが　きける　レストラン
　2　ロックの　コンサート
　3　CDの　みせ
　4　がっきの　みせ

4 ばん 🎧 MP3 3-11

1 ピアノが　ひける　人
2 ダンスが　できる　人
3 うたが　じょうずな　人
4 うたが　へたな　人

5 ばん 🎧 MP3 3-12

1 ネックレス（1）＋Tシャツ（2）
2 ネックレス（2）＋Tシャツ（1）
3 ネックレス（1）＋Tシャツ（1）
4 ネックレス（2）＋Tシャツ（2）

6 ばん 🎧 MP3 3-13

1 あるく　　　→　　でんしゃ
2 バス　　　　→　　でんしゃ
3 タクシー　　→　　でんしゃ
4 タクシー　　→　　バス

もんだい３

　もんだい３では、えを　みながら　しつもんを　きいて　ください。
やじるし（→）の　ひとは　なんと　いいますか。1から　3の
なかから、いちばん　いい　ものを　ひとつ　えらんで　ください。

1 ばん　MP3 3-14

言語知識（文字・語彙）

言語知識（文法）・讀解

聽解

2 ばん 🎧 MP3 3-15

4 ばん 🎧 MP3 3-16

4 ばん 🎧 MP3 3-17

5 ばん 🎧 MP3 3-18

もんだい4

　もんだい4は、えなどが　ありません。ぶんを　きいて、1から3の　なかから、いちばん　いい　ものを　ひとつ　えらんでください。

―――メモ―――

1ばん 🎧 MP3 3-19　　　　　　**4ばん** 🎧 MP3 3-22

2ばん 🎧 MP3 3-20　　　　　　**5ばん** 🎧 MP3 3-23

3ばん 🎧 MP3 3-21　　　　　　**6ばん** 🎧 MP3 3-24

言語知識（文字・語彙）

考試科目 <考試時間>		
言語知識 （文字・語彙） <25 分鐘>	言語知識 （文法）・讀解 <50 分鐘>	聽解 <30 分鐘>

N5

げんごちしき（もじ・ごい）

（25 ふん）

ちゅうい
Notes

1. しけんが　はじまるまで、この　もんだいようしを　あけないで　ください。
   Do not open this question booklet until the test begins.

2. この　もんだいようしを　もって　かえる　ことは　できません。
   Do not take this question booklet with you after the test.

3. じゅけんばんごうと　なまえを　したの　らんに、じゅけんひょうと
   おなじように　かいて　ください。
   Write your examinee registration number and name clearly in each box below as written on your test voucher.

4. この　もんだいようしは、ぜんぶで　8ページ　あります。
   This question booklet has 8 pages.

5. もんだいには　かいとうばんごうの　①、②、③…が　あります。
   かいとうは、かいとうようしに　ある　おなじ　ばんごうの　ところに
   マークして　ください。
   One of the row number ①, ②, ③ …is given for each question. Mark your answer in the same row of the answer sheet.

じゅけんばんごう　Examinee Registration Number	

なまえ　Name	

もんだい1 ＿＿＿の　ことばは　ひらがなで　どう　かきますか。
1・2・3・4から　いちばん　いい　ものを　ひとつ
えらんで　ください。

答題時間 4 分鐘

1 切符を　かいましたか。
　1 きふ　　2 きっぷ　　3 きっぶ　　4 きぶ

2 チンさんに　白い　シャツを　もらいました。
　1 しろい　　2 くろい　　3 あかい　　4 あおい

3 まいにち、卵を　ひとつ　たべます。
　1 なまこ　　2 たまこ　　3 なまご　　4 たまご

4 しゃしんを　撮りましょうか。
　1 かり　　2 さり　　3 えり　　4 とり

5 灰皿は　つくえの　うえに　あります。
　1 はいさら　2 はいざら　3 ばいさら　4 ばいざら

6 かれは　時々　がっこうを　やすみます。
　1 ときとき　2 じじ　　3 ときどき　4 じし

7 リンさんは　あの　かいしゃで　働いて　います。
　1 はからいて　　　　2 はかない
　3 はくない　　　　4 はたらいて

8 かのじょは　外国人と　けっこんします。
　1 かいこくじん　　　　2 がいごくにん
　3 がいこくじん　　　　4 かいこくにん

言語知識（文字・語彙）

言語知識（文法）・讀解

聽解

⑨ この とけいは 高く ありません。やすいです。
　　1 あまく　　　2 はやく　　　3 ちかく　　　4 たかく

⑩ まいばん、りょうしんは いぬの 散歩を して います。
　　1 さんぽ　　　2 さんぶう　　3 ざんほ　　　4 ざんほう

⑪ この へやから 川が みえます。
　　1 かみ　　　　2 かわ　　　　3 やま　　　　4 うみ

⑫ 夕方 うみへ いきました。
　　1 ゆうがた　　2 ゆうかた　　3 ゆべ　　　　4 ゆうべ

答題時間 3 分鐘

もんだい2 ＿＿＿の　ことばは　どう　かきますか。
1・2・3・4から　いちばん　いい　ものを　ひとつ
えらんで　ください。

13 しゃしんを　<u>ふうとう</u>に　いれます。
　　1　封筒　　　　2　信封　　　　3　信箱　　　　4　信筒

14 <u>はんかち</u>を　あらいました。
　　1　ケンハチ　　2　ハンカチ　　3　ミンハチ　　4　ケンカチ

15 コーヒーに　<u>さとう</u>を　いれます。
　　1　沙豆　　　　2　蔗糖　　　　3　砂糖　　　　4　蔗豆

16 <u>ふぉーく</u>で　くだものを　たべます。
　　1　フォーク　　2　フィーク　　3　ヒィーケ　　4　ハォーケ

17 <u>えんぴつ</u>で　書いて　ください。
　　1　原子筆　　　2　毛筆　　　　3　鉛筆　　　　4　円筆

18 <u>たくしー</u>で　びょういんへ　いきました。
　　1　テコンー　　2　カケシー　　3　ロセンー　　4　タクシー

19 <u>ゆうびんきょく</u>へ　いきます。
　　1　郵便局　　　2　郵局　　　　3　郵信局　　　4　電信局

20 <u>ずぼん</u>を　かいます。
　　1　ソゴン　　　2　ズゾン　　　3　ズボン　　　4　ボンズ

答題時間 6 分鐘

もんだい3　（　　　）に　なにを　いれますか。1・2・3・4から
　　　　　　　いちばん　いい　ものを　ひとつ　えらんで　ください。

21　ドアに　あかい　かみを　（　　　）。
　　1　かかります　2　しります　　3　かきます　　4　はります

22　こうえんを　（　　　）。
　　1　あるきます　2　はいります　3　いれます　　4　あそびます

23　でんきを　（　　　）。
　　1　つけます　　2　つきます　　3　かけます　　4　かかります

24　かのじょと　しゃしんを　（　　　）。
　　1　かけます　　2　かかります　3　とります　　4　とめます

25　スカートを　（　　　）。
　　1　かきます　　2　はきます　　3　しります　　4　はります

26　きょうは　（　　　）ですね。
　　1　いいてんき
　　2　さむい
　　3　あたたかい
　　4　あめ

27　ぎんこうの　ATMで　おかねを　（　　　）。
　　1　おろします
　　2　あげます
　　3　つくります
　　4　ふります

新日本語能力試驗予想問題集 N5 一試合格

28 ケーキを　はんぶんに　（　　　）　ください。

1 つかって
2 うけて
3 あらって
4 きって

29 （　　　）　しけんでした。

1 やすい
2 むずかしい
3 ひくい
4 かんたんな

30 だいがくを　（　　　）。

1 はいります
2 そつぎょうします
3 いきます
4 いれます

〇〇大学卒業式

言語知識（文字・語彙）

言語知識（文法）・讀解

聽解

もんだい4 ＿＿＿の　ぶんと　だいたい　おなじ　いみの
　　　　　　　　ぶんが　あります。1・2・3・4から　いちばん　いい
　　　　　　　　ものを　ひとつ　えらんで　ください。

31 べんきょうしてから　おふろに　はいります。
1　おふろに　はいる　まえに　べんきょうします。
2　べんきょうする　まえに　おふろに　はいります。
3　おふろに　はいらないで　べんきょうします。
4　おふろに　はいった　あとで　べんきょうします。

32 あしたは　6じまでに　おきて　ください。
1　あしたは　6じすぎに　おきて　ください。
2　あしたは　6じまえに　おきて　ください。
3　あしたは　6じすぎに　ねて　ください。
4　あしたは　6じまえに　ねて　ください。

33 まじめに　しなくちゃ　いけない。
1　ちいさく　しないで　ください。
2　おおきく　して　ください。
3　よく　がんばって　ください。
4　がんばらなくても　いいですよ。

34 あの　じゅぎょうは　つまらなかったです。
1　あの　じゅぎょうは　すこし　おもしろかったです。
2　あの　じゅぎょうは　あまり　おもしろくなかったです。
3　あの　じゅぎょうは　まあまあ　おもしかったです。
4　あの　じゅぎょうは　とても　おもしろかったです。

35 やまださんは　あの　がっこうに　つとめて　います。

1 やまださんは　あの　がっこうの　がくせいです。

2 やまださんは　あの　がっこうで　べんきょうして　います。

3 やまださんは　あの　がっこうに　すんで　います。

4 やまださんは　あの　がっこうで　はたらいて　います。

時間還剩 8 分鐘，再檢查一下吧

第 4 回

言語知識 （文法）・讀解

考試科目 <考試時間>		
言語知識 （文字・語彙） <25 分鐘>	言語知識 （文法）・讀解 <50 分鐘>	聽解 <30 分鐘>

Language Knowledge(Grammar)・Reading

言語知識（文法）・読解

（50ぷん）

注 意
Notes

1. 試験が始まるまで、この問題用紙をあけないでください。

   Do not open this question booklet until the test begins.

2. この問題用紙を持ってかえることはできません。

   Do not take this question booklet with you after the test.

3. 受験番号となまえをしたの欄に、受験票とおなじようにかいてください。

   Write your examinee registration number and name clearly in each box below as written on your test voucher.

4. この問題用紙は、全部で 15 ページあります。

   This question booklet has 15 pages.

5. 問題には解答番号の ①、②、③…があります。

   解答は、解答用紙にあるおなじ番号のところにマークしてください。

   One of the row number ①, ②, ③ …is given for each question. Mark your answer in the same row of the answer sheet.

受験番号　Examinee Registration Number	

なまえ　Name	

答題時間 6 分鐘

もんだい1（　　）に　何を　入れますか。1・2・3・4から
　　　　　いちばん　いい　ものを　一つ　えらんで　ください。

1　わたしは　台湾（　　　）　来ました。
　　1　が　　　　2　から　　　3　と　　　　4　を

2　ぞうは　はな（　　　）　ながいです。
　　1　を　　　　2　へ　　　　3　が　　　　4　に

3　掃除を　しました。ごはん（　　）　つくりました。
　　1　か　　　　2　が　　　　3　は　　　　4　も

4　おすしが　（　　　）です。
　　1　たべると　2　たべない　3　たべて　　4　たべたい

5　わたしが　いま　（　　　）　ところは　おおさかです。
　　1　住み　　　2　住んで　　3　住んだ　　4　住んでいる

6　父は　一日（　　　）　働いて　います。
　　1　とき　　　2　じゅう　　3　など　　　4　ごろ

7　今日は　（　　　）から　郵便局は　休みですよ。
　　1　土曜日だ　2　土曜日な　3　土曜日　　4　土曜日の

8　A「きのう　スカイツリーに　のぼって　きました。」
　　B「どうでしたか。」
　　A「夜景が　（　　　）。」
　　1　きれかったです　　　　　2　きれくかったです
　　3　きれいでした　　　　　　4　きれくないでした

9 A 「体の 調子が 悪いんです（　　　）。」

B 「いつから ですか。」

1 か　　　　2 が　　　　3 で　　　　4 に

10 日本の 映画は （　　　）見ません。

1 たくさん　　2 よく　　　　3 とても　　　4 あまり

11 きのう 病気（　　　） 学校を 休みました。

1 で　　　　　2 と　　　　　3 は　　　　　4 に

12 いっしょに （　　　） 安いです。

1 買って　　　2 買ったら　　3 買ったり　　4 買った

13 きのう 二時間 （　　　） 寝ませんでした。

1 を　　　　　2 しか　　　　3 など　　　　4 に

14 あなたは （　　　） りょうりが すきですか。

1 なに　　　　2 どんな　　　3 どなた　　　4 どれ

15 ここで 写真を （　　　） いけません。

1 撮れば　　　2 撮ると　　　3 撮ったり　　4 撮っては

16 へやを もっと （　　　） して ください。

1 あかるいに　　　　　　2 あかるくて

3 あかるい　　　　　　　4 あかるく

答題時間 4 分鐘

もんだい2 ＿＿★＿＿に 入る ものは どれですか。
　　　　　1・2・3・4から いちばん いい ものを 一つ
　　　　　えらんで ください。

17 あぶないですから、この ボタンには＿＿＿＿ ＿＿＿＿ ＿＿★＿＿
　　＿＿＿＿。
　　　1 さわって　　2 いけません　3 ぜったい　　4 は

18 「すみません、駅＿＿＿＿ ＿＿＿＿ ＿＿★＿＿ ＿＿＿＿。道を　お
　　しえて　くださいませんか。」
　　　1 が　　　　　2 んです　　　3 行きたい　4 へ

19 その 橋を わたって、＿＿＿＿ ＿＿＿＿ ＿＿★＿＿ ＿＿＿＿と、
　　郵便局に 着きます。
　　　1 いく　　　　2 七分　　　　3 ぐらい　　　4 歩いて

20 早めに＿＿★＿＿ ＿＿＿＿ ＿＿＿＿ ＿＿＿＿座れません。
　　　1 なくなって　2 行かないと　3 が　　　　　4 席

21 A「あした、しけんが あるから＿＿＿＿ ＿＿＿＿ ＿＿★＿＿ ＿＿＿＿
　　　ですよ」。
　　B「わかって いますよ」。
　　　1 ほうが　　　2 しない　　　3 遅刻　　　　4 いい

言語知識（文字・語彙）

言語知識（文法）・讀解

聽解

133

🕐 **答題時間 6 分鐘**

もんだい3 22 から 26 に 何を 入れますか。ぶんしょうの
いみを かんがえて、1・2・3・4から いちばん
いい ものを 一つ えらんで ください。

わたしの しゅみは いろいろな ところへ 行って しゃし
んを 22 。じぶんで とった しゃしんを イギリスの かぞく
23 おくります。 24 日本の しゃしんを 見るのが すきです。
　わたしは いま 日本語学校で べんきょうして います。し
ゅくだいが たくさん ありますから 土曜日も 日曜日も 25 。
だから 夏休みに なったら 九州を りょこうして たくさん
しゃしんを とるのが とても 26 。

22

1 とります　　　　　　　2 とりません

3 とるんです　　　　　　4 とることです

23

1 から　　　2 は　　　3 に　　　4 を

24

1 だんだん　2 たぶん　　3 みんな　　4 だいぶ

25

1 べんきょうしなければ なりません

2 べんきょうしなくても いいです

3 べんきょうしたほうが いいです

4 べんきょうしないほうが いいです

26

1 たのしみでした　　　　　2 たのしかったです

3 たのしみです　　　　　　4 たのしいです

答題時間 8 分鐘

もんだい4　つぎの　ぶんを　読んで　しつもんに　こたえて
　　　　　ください。こたえは　1・2・3・4から　いちばん
　　　　　いい　ものを　一つ　えらんで　ください。

（1）
中国の　馬さんが　お姉さんに　手紙を　書きました。

お姉さんへ

　　今日　はじめて　原宿に　行きました。上海の　南京路と
同じぐらい　お店が　たくさん　ありました。でも、道に　ゴミ
がぜんぜん　落ちて　いませんでした。すごいです。

27　原宿は　どんな　ところですか。
　　1　上海より　お店が　多いです。
　　2　上海より　お店が　少ないです。
　　3　上海より　ゴミが　多いです。
　　4　上海より　ゴミが　少ないです。

（2）

お菓子の　袋に　書いて　ある　説明です。

・温度の　高い　ところに　長い　時間　置かないで　ください。
・水に　濡らさないで　ください。
・作ってから　3か月　以内に　食べて　ください。
・一度　袋を　開けたら　できるだけ　はやく　食べて

　ください。

28 正しい　ものは　どれですか。

1　長い　時間　温度の　高い　ところに　置きます。

2　つめたい　水で　冷やします。

3　袋を　開けても　3か月は　食べる　ことが　できます。

4　れいぞうこに　入れた　ほうが　いいです。

（3）

井上さんが　木下さんに　メールしました。

　やくそくの　時間は　6時だったよね。その　10分前に　品川駅につく　新幹線に　のったんだけど、風が　つよくて　新幹線が　30分　おくれて　います。さきに　レストランに　行ってください。

29　井上さんは、何時に　品川駅に　つきますか。

1　5時50分

2　6時

3　6時20分

4　6時半

答題時間 8 分鐘

もんだい5　つぎの　ぶんを　読^よんで　しつもんに　こたえて
　　　　　　ください。こたえは　1・2・3・4から　いちばん
　　　　　　いい　ものを　一^{ひと}つ　えらんで　ください。

　イギリスの　テレビ番組^{ばんぐみ}に　一人^{ひとり}の　女^{おんな}の人^{ひと}が　参加^{さんか}しました。「あなたの　ゆめは　何^{なん}ですか」と　聞^きかれて　女^{おんな}の人^{ひと}は　「歌^か手^{しゅ}に　なりたいです」と　こたえました。女の人は　若^{わか}くも　ないし　美人^{びじん}でも　ありませんでした。普通^{ふつう}の　おばさんです。みんな　わらいました。

　しかし　女^{おんな}の人^{ひと}の　うたを　聞^きいて　みんなは　驚^{おどろ}きました。女^{おんな}の人^{ひと}は　とても　きれいな　声^{こえ}でした。そして　うたが　とても　上手^{じょうず}でした。すべての　人^{ひと}が　立^たち上^あがって　拍手^{はくしゅ}しました。

　それから　世界中^{せかいじゅう}の　人^{ひと}が　インターネットで　この　番組^{ばんぐみ}を　見^みました。女の人は　とても　有名^{ゆうめい}に　なりました。そして　女^{おんな}の人^{ひと}の　ゆめは　実現^{じつげん}しました。

30 観客は どうして わらいましたか。
1 若い 女の人が 「歌手に なりたい」と 言ったから。
2 普通の おばさんが 「歌手に なりたい」と 言ったから。
3 女の人が 美人だったから。
4 女の人が うたが 上手だったから。

31 女の人は、どう なりましたか。
1 歌手に なった。
2 美人に なった。
3 普通の おばさんに なった。
4 インターネットで 番組を 見た。

言語知識（文字・語彙）

言語知識（文法）・讀解

聽解

 **答題時間 8 分鐘**

もんだい6　つぎの　ページは　マイクさんと　山中先生の
一週間の　予定です。つぎの　ぶんを　読んで、
しつもんに　こたえて　ください。こたえは
1・2・3・4から　いちばん　いい　ものを　一つ
えらんで　ください。

　留学生の　マイクさんは　山中先生と　そうだんが　したいです。しかし、マイクさんは　8時間目が　おわると　すぐに　家に帰ります。そして、昼休みは　いそがしいです。また、金曜日の午後　アルバイトが　あります。

　山中先生は、8時間目が　おわった　あと、1時間　学校に　います。しかし、山中先生は　3時間目の　前には　学校に　来ません。そして、山中先生は　水曜日　学校に　来ません。

32　マイクさんは、いつ　山中先生と　そうだんできますか。
　　1　月曜日の　5時間目と　6時間目
　　2　火曜日の　1時間目と　2時間目
　　3　水曜日の　5時間目と　6時間目
　　4　木曜日の　7時間目と　8時間目

マイクさんの 一週間（いっしゅうかん）の 予定（よてい）					
	月	火	水	木	金
1 時間目	日本語 1		日本語 1		日本語 1
2 時間目	日本語 1		日本語 1		日本語 1
3 時間目		会話 1		会話 1	文化 1
4 時間目		会話 1		会話 1	文化 1
昼休み					
5 時間目	作文 1	発音		作文 1	
6 時間目	作文 1	発音		作文 1	
7 時間目			日本社会 1		
8 時間目			日本社会 1		

山中先生（やまなかせんせい）の 一週間（いっしゅうかん）の 予定（よてい）					
	月	火	水	木	金
1 時間目					
2 時間目					
3 時間目	言語学	会話 1		会話 1	文化 1
4 時間目	言語学	会話 1		会話 1	文化 1
昼休み					
5 時間目					
6 時間目					
7 時間目	日本語 2	日本語 2			日本語 2
8 時間目	日本語 2	日本語 2			日本語 2

時間還剩 10 分鐘，再檢查一下吧

言語知識（文字・語彙）

言語知識（文法）・讀解

聽解

第 4 回

聽解

考試科目 <考試時間>		
言語知識 （文字・語彙） <25 分鐘>	言語知識 （文法）・讀解 <50 分鐘>	聽解 <30 分鐘>

Listening

問題用紙

N5

聴解

(30 ぷん)

注　意
Notes

1. 試験が始まるまで、この問題用紙を開けないでください。

   Do not open this question booklet until the test begins.

2. この問題用紙を持って帰ることはできません。

   Do not take this question booklet with you after the test.

3. 受験番号と名前を下の欄に、受験票と同じように書いてください。

   Write your examinee registration number and name clearly in each box below as written on your test voucher.

4. この問題用紙は、全部で 14 ページあります。

   This question booklet has 14 pages.

5. この問題用紙にメモをとってもいいです。

   You may make notes in this question booklet.

受験番号 Examinee Registration Number	

名前 Name	

もんだい１

　もんだい１では　はじめに　しつもんを　きいて　ください。
それから　はなしを　きいて、もんだいようしの　１から　４の
なかから、いちばん　いい　ものを　ひとつ　えらんで　ください。

１ばん 🎧 MP3 4-1

		20XX 年　8 月				
日	月	火	水	木	金	土
			1	2	3	4
5	6	7	8	9	10	11
12	13	14	15	16	17	18
19	20	21	22	23	24	25
26	27	28	29	30	31	

3 ── 日
4 ── 月
1 ── 金
2 ── 土

言語知識（文字・語彙）

言語知識（文法）・讀解

聽解

145

2 ばん 🎧 MP3 4-2

1	2
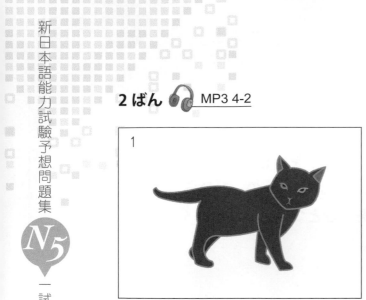	
3	4

3 ばん 🎧 MP3 4-3

1	2

3	4
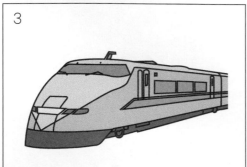	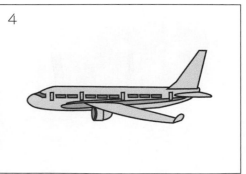

4 ばん 🎧 MP3 4-4

1 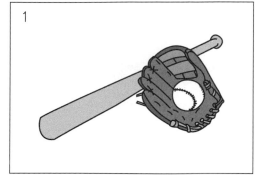	2 
3 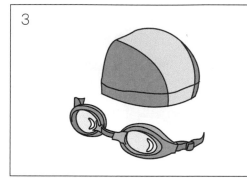	4 

5 ばん 🎧 MP3 4-5

1 	2 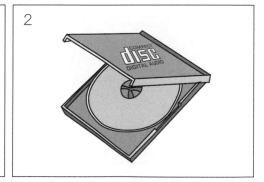
3 	4 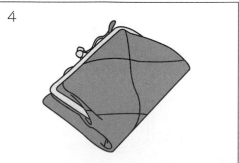

言語知識（文字・語彙）

言語知識（文法）・讀解

聽解

6 ばん 🎧 MP3 4-6

1 	2 
3 	4 

7 ばん 🎧 MP3 4-7

1 	2 
3 	4 

もんだい2

もんだい2では はじめに、しつもんを きいて ください。
それから はなしを きいて、もんだいようしの 1から 4の
なかから、いちばん いい ものを ひとつ えらんで ください。

1ばん 🎧 MP3 4-8

1　3591 ― 4539
2　3598 ― 4539
3　3558 ― 4539
4　3598 ― 4549

2ばん 🎧 MP3 4-9

1　うちへ かえります
2　ピアノの レッスンへ いきます
3　ばんごはんを たべます
4　せんせいの うちへ いきます

3ばん 🎧 MP3 4-10

1　小さい ボタンが 2つ ある 大きいかばん
2　小さい ボタンが 2つ ある 小さいかばん
3　小さい ボタンが 1つ ある 大きいかばん
4　小さい ボタンが 1つ ある 小さいかばん

言語知識（文字・語彙）

言語知識（文法）・讀解

聽解

149

4 ばん 🎧 MP3 4-11

1 月＋火

2 火＋水

3 木＋金

4 土＋日

5 ばん 🎧 MP3 4-12

1 おおさか

2 とうきょう

3 きょうと

4 よこはま

6 ばん 🎧 MP3 4-13

1 2月 10 日

2 3月 10 日

3 4月 10 日

4 5月 10 日

もんだい3

　もんだい3では、えを　みながら　しつもんを　きいて　ください。
やじるし（→）の　ひとは　なんと　いいますか。1から　3の
なかから、いちばん　いい　ものを　ひとつ　えらんで　ください。

1 ばん  MP3 4-14

2 ばん 🎧 MP3 4-15

3 ばん 🎧 MP3 4-16

4 ばん MP3 4-17

5 ばん MP3 4-18

もんだい 4

　もんだい 4 は、えなどが　ありません。ぶんを　きいて、1 から 3 の　なかから、いちばん　いい　ものを　ひとつ　えらんで ください。

―――メ モ―――

1 ばん 🎧 MP3 4-19　　　　　4 ばん 🎧 MP3 4-22

2 ばん 🎧 MP3 4-20　　　　　5 ばん 🎧 MP3 4-23

3 ばん 🎧 MP3 4-21　　　　　6 ばん 🎧 MP3 4-24

第 5 回

言語知識
（文字・語彙）

考試科目 <考試時間>		
言語知識 （文字・語彙） <25分鐘>	言語知識 （文法）・讀解 <50分鐘>	聽解 <30分鐘>

N5

げんごちしき（もじ・ごい）

（25 ふん）

ちゅうい
Notes

1. しけんが　はじまるまで、この　もんだいようしを　あけないで　ください。
   Do not open this question booklet until the test begins.

2. この　もんだいようしを　もって　かえる　ことは　できません。
   Do not take this question booklet with you after the test.

3. じゅけんばんごうと　なまえを　したの　らんに、じゅけんひょうと
   おなじように　かいて　ください。
   Write your examinee registration number and name clearly in each box below as written on your test voucher.

4. この　もんだいようしは、ぜんぶで　8ページ　あります。
   This question booklet has 8 pages.

5. もんだいには　かいとうばんごうの　1、2、3…が　あります。
   かいとうは、かいとうようしに　ある　おなじ　ばんごうの　ところに
   マークして　ください。
   One of the row number 1, 2, 3 …is given for each question. Mark your answer in the same row of the answer sheet.

じゅけんばんごう　Examinee Registration Number	

なまえ　Name	

もんだい1 ＿＿＿の ことばは ひらがなで どう かきますか。
1・2・3・4から いちばん いい ものを ひとつ
えらんで ください。

1 <u>新しい</u> パソコンですね。
　1 あらたしい　2 あたらしい　3 あだらしい　4 あらだしい

2 <u>必ず</u> いきます。
　1 からなず　　2 ひず　　　　3 かはらず　　4 かならず

3 <u>電気</u>を けして ください。
　1 でんき　　　2 てんき　　　3 てんぎ　　　4 でんぎ

4 かれは <u>明るい</u> 人です。
　1 あらるい　　2 あかろい　　3 あかるい　　4 あがろい

5 <u>赤い</u> くつが ほしいです。
　1 あらい　　　2 あおい　　　3 あくい　　　4 あかい

6 へんな <u>人</u>が いますね。
　1 ひま　　　　2 ひと　　　　3 うと　　　　4 とも

7 しけんの じかんを <u>お知らせ</u>します。
　1 しらせ　　　2 いらせ　　　3 にらせ　　　4 ちらせ

8 スピードが <u>速い</u>ですね。
　1 ばやい　　　2 はばい　　　3 やすい　　　4 はやい

9 ご<u>都合</u>は いかがですか。
　1 つこう　　　2 つごう　　　3 ずこう　　　4 ずごう

⑩ この りんごは 甘いです。

1 ほそい　　　2 きらい　　　3 あまい　　　4 あらい

⑪ バスに 乗ります。

1 ろり　　　　2 のり　　　　3 かえり　　　4 より

⑫ きょうは 暑いです。

1 あつい　　　2 あずい　　　3 あちい　　　4 あほい

 答題時間 3 分鐘

もんだい 2 　＿＿＿の　ことばは　どう　かきますか。

1・2・3・4から　いちばん　いい　ものを　ひとつ　えらんで　ください。

13　にほんごが　じょうずです。
　1 下手　　　2 上手　　　3 水手　　　4 高手

14　きょうは　さむいですね。
　1 寒い　　　2 強い　　　3 弱い　　　4 渋い

15　あの　ほてるは　ゆうめいです。
　1 ホタル　　2 ハテル　　3 ホデル　　4 ホテル

16　ぜひ　あそびに　いきたいです。
　1 伸び　　　2 遊び　　　3 呼び　　　4 叫び

17　さいふが　なくなりました。
　1 傘　　　　2 母親　　　3 財布　　　4 金

18　おげんきですか。
　1 便利　　　2 簡単　　　3 下手　　　4 元気

19　へやに　てれびが　あります。
　1 テレビ　　2 テルビ　　3 ホレビ　　4 テビレ

20　そとで　まちましょう。
　1 内　　　　2 家　　　　3 外　　　　4 裏

言語知識（文字・語彙）

言語知識（文法）・讀解

聽解

もんだい3 （　　　）に　なにを　いれますか。1・2・3・4から
　　　　　　　　いちばん　いい　ものを　ひとつ　えらんで　ください。

21 わたしの　すきな　スポーツは　（　　　）です。
　　1 スプーン　　2 やきゅう　　3 レストラン　4 ピアノ

22 へやに　（　　　）。
　　1 いります　　2 みます　　　3 あいます　　4 います

23 でんきを　（　　　）。
　　1 やります　　　　　　　　　2 のりかえます
　　3 けします　　　　　　　　　4 みえます

24 おじいちゃんの　うちに　ねこが　（　　　）　います。
　　1 いっぴき　　2 いちまい　　3 いっけん　　4 ひとり

25 ここで　コップを　（　　　）で　ください。
　　1 つけない　　2 あらわない　3 わらわない　4 のまない

26 きのうは　あめが　（　　　）です。
　　1 あつかった
　　2 さむかった
　　3 あつい
　　4 つよかった

27 でんしゃを　（　　　）。
　　1 おります
　　2 はいります
　　3 ひきます
　　4 かいます

28 この つくえは ふるいですが、とても （　　　　）です。
1 だいじょうぶ
2 べんり
3 じょうぶ
4 じょうず

29 もう おそいから、（　　　）を みないで ください。
1 ざっし
2 テレビ
3 しゃしん
4 まんが

30 さむいですね。まどを （　　　　） ください。
1 しまって
2 しめて
3 あけて
4 あらって

言語知識（文字・語彙）

言語知識（文法）・讀解

聴解

161

答題時間 4 分鐘

もんだい 4　_____の　ぶんと　だいたい　おなじ　いみの
　　　　　ぶんが　あります。1・2・3・4から　いちばん　いい
　　　　　ものを　ひとつ　えらんで　ください。

31　スイッチを　つけて　ください。
　　　1　スイッチを　けして　ください。
　　　2　スイッチを　いれて　ください。
　　　3　スイッチを　みて　ください。
　　　4　スイッチを　とおって　ください。

32　あそこは　うんどうじょうです。
　　　1　あそこには　かさと　くつが　あります。
　　　2　あそこでは　じしょと　ほんを　かります。
　　　3　あそこでは　やきゅうと　サッカーを　します。
　　　4　あそこでは　パンが　かえます。

33　シャツを　せんたくして　ください。
　　　1　シャツを　かって　ください。
　　　2　シャツを　かして　ください。
　　　3　シャツを　きって　ください。
　　　4　シャツを　あらって　ください。

34　マリアさんは　りゅうがくせいです。
　　　1　マリアさんは　べんきょうを　しに　きました。
　　　2　マリアさんは　おしえに　きました。
　　　3　マリアさんは　かいものに　きました。
　　　4　マリアさんは　りょこうに　きました。

新日本語能力試驗予想問題集

N5

一試合格

162

35 がっこうの　にわは　きれいです。

1 がっこうの　にわは　あかるく　ないです。

2 がっこうの　にわは　しんせつでは　ないです。

3 がっこうの　にわは　きたなく　ないです。

4 がっこうの　にわは　おおきく　ないです。

時間還剩 8 分鐘，再檢查一下吧

言語知識（文法）・讀解

考試科目 <考試時間>		
言語知識 （文字・語彙） <25 分鐘>	言語知識 （文法）・讀解 <50 分鐘>	聽解 <30 分鐘>

Language Knowledge(Grammar)・Reading

N5

言語知識（文法）・読解

（50 ぷん）

注　意
Notes

1. 試験が始まるまで、この問題用紙をあけないでください。

   Do not open this question booklet until the test begins.

2. この問題用紙を持ってかえることはできません。

   Do not take this question booklet with you after the test.

3. 受験番号となまえをしたの欄に、受験票とおなじようにかいてください。

   Write your examinee registration number and name clearly in each box below as written on your test voucher.

4. この問題用紙は、全部で 15 ページあります。

   This question booklet has 15 pages.

5. 問題には解答番号の 1 、 2 、 3 …があります。

   解答は、解答用紙にあるおなじ番号のところにマークしてください。

   One of the row number 1 , 2 , 3 …is given for each question. Mark your answer in the same row of the answer sheet.

受験番号　Examinee Registration Number

なまえ　Name

答題時間 6 分鐘

もんだい1 （　　）に　何を　入れますか。1・2・3・4から
　　　　　 いちばん　いい　ものを　一つ　えらんで　ください。

1 本屋で　雑誌（　　　）　小説などを　買いました。
　 1 や　　　　2 から　　　3 まで　　　4 に

2 あした　今井先生の　レポートを　（　　　）なければならない。
　 1 出し　　　2 出す　　　3 出さ　　　4 出そう

3 A「先週の　誕生日パーティーは　どう　でしたか。」
　 B「（　　　）。」
　 1 たのしいでした
　 2 たのしいでは　ありませんでした
　 3 たのしかったです
　 4 たのしく　ありません

4 （　　　）　べんきょうを　したいですか。
　 1 どこ　　　2 どちら　　　3 どなた　　　4 どんな

5 小林さんが　けっこんする（　　）　いう　話を　聞きました。
　 1 と　　　　2 か　　　　3 を　　　　4 で

6 千円さつを　さいふ（　　）　入れます。
　 1 を　　　　2 の　　　　3 に　　　　4 が

7 この　仕事は　すべて　うまく　いって　予定より　（　　　）
　 終わりました。
　 1 早かった　　2 早く　　3 早い　　4 早いで

言語知識（文字・語彙）

言語知識（文法）・讀解

聽解

8 A「今村さんは どこに いますか。」
B「先生の 研究室（　　　）います。」
1 で　　　　2 へ　　　　3 と　　　　4 に

9 A「あした 田中先輩と 映画を 見に 行くんだけど いっしょに 行く?」
B「いいね（　　　）。」
1 たべよう　2 買おう　3 書こう　4 行こう

10 わからない ことは 先生（　　　）聞いて ください。
1 を　　　　2 に　　　　3 へ　　　　4 と

11 A「あしたの 試験は（　　　）ですか。」
B「午前 十時です。」
1 何人まで　2 いくら　3 何時から　4 何時に

12 駅から（　　　）タクシーで がっこうへ 行きました。
1 は　　　　2 に　　　　3 を　　　　4 へ

13 体に わるいから たばこを あまり（　　　）ほうが いいと 思います。
1 すった　　2 すわない　3 すいたい　4 すう

14 部長の やり方は（　　　）と 思います。
1 ひどくて　2 ひどい　　3 ひどいだ　4 ひどった

15 雨（　　　）サッカーの 試合は 来週に なりました。
1 が　　　　2 は　　　　3 の　　　　4 で

16 くすりを（　　　）ので 頭痛が よく なりました。
1 飲む　　　2 飲んだ　　3 飲みたい　4 飲んだり

もんだい2　____★____に　入(はい)る　ものは　どれですか。
　　　　　1・2・3・4から　いちばん　いい　ものを　一(ひと)つ
　　　　　えらんで　ください。

17 あなたは　どこ____　__★__　____　____か。
　　1　それ　　　　2　を　　　　　3　買(か)いました　4　で

18 つかれて　いる　ときは____　____　__★__　____と
　思(おも)います。
　　1　しない　　　2　いい　　　　3　ほうが　　　4　むり

19 こんどの　パーティーでは____　____　__★__　____う
　たいます。
　　1　を　　　　　2　みんな　　　3　うた　　　　4　で

20 ここは____　____　__★__　____できます。
　　1　ことが　　　2　だれ　　　　3　でも　　　　4　入(はい)る

21 授業(じゅぎょう)は____　____　__★__　____ください。
　　1　しないで　　2　できる　　　3　遅刻(ちこく)　　4　だけ

 答題時間 6 分鐘

もんだい3 22 から 26 に 何^{なに}を 入れますか。ぶんしょうの いみを かんがえて、1・2・3・4から いちばん いい ものを 一つ^{ひと} えらんで ください。

　わたしは せんしゅう いなかに いる おばあちゃんの うちへ 遊び^{あそ}に いきました。新幹線^{しんかんせん}22 行って^い、それから やままで あるきました。やまは とても 23。おばあちゃんが 24 りょうりは ほんとうに 25、わたしは たくさん 食べ^たました。やまの けしきが きれいで、とても 26、わたしは とても すきです。こんどの 夏休み^{なつやす}に また おばあちゃんの うちへ 遊び^{あそ}に いきたいと 思い^{おも}ます。

22

　　1 に　　　　2 も　　　　3 で　　　　4 へ

23

　　1 きれいでした　　　　　　　2 きれいでは ありません
　　3 きれいでは ありませんでした 4 きれいなので

24

　　1 つくる　　　2 つくった　　3 つくりたい　4 つくらない

25

　　1 おいしくなくて　　　　　2 おいしかったです
　　3 おいしくなかったです　　4 おいしくて

26

　　1 しずかなので　　　　　　2 しずかです
　　3 にぎやかなので　　　　　4 きたないので

答題時間 8 分鐘

もんだい4　つぎの　ぶんを　読んで　しつもんに　こたえて
**　　　　　　　ください。こたえは　1・2・3・4から　いちばん**
**　　　　　　　いい　ものを　一つ　えらんで　ください。**

（1）

インターネットの　掲示板の　会話です。

> さくら：まん中が　あかで、いちばん　左が　みどりだったよね。
>
> もも　：そうそう。それで、あかの　右側は　ピンクで、その
> 　　　　　右が　きいろ。
>
> さくら：じゃあ　あかの　左が　あおなのね。
>
> もも　：それで　正しいと　思うけど。

27　右から　3番目は、何色ですか。

　　1　あか

　　2　あお

　　3　きいろ

　　4　みどり

（2）

ミゲルさんの　日記です。

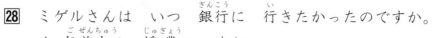

今日は　10時から　授業が　あった。昼休み、ご飯を　食べて
から　郵便局に　行った。郵便局に　行く　前に　銀行に　行
くのを　わすれていたので、午後の　授業が　おわった　あと
銀行に　行った。

28　ミゲルさんは　いつ　銀行に　行きたかったのですか。
　　1　午前中の　授業の　あと
　　2　昼ご飯を　食べた　あと
　　3　郵便局に　行った　あと
　　4　午後の　授業の　あと

（3）

くすりの　説明です。

> ・1日に　1回から　3回、かゆい　ところに　塗って　ください。
> ・目の　まわりや　唇には　塗らないで　ください。
> ・もし　くすりを　塗った　ところが　あかく　なったら、お医者さんと　そうだんして　ください。

29　正しい　文は　どれですか。

1　1日に　1回から　3回　飲みます。
2　唇が　かゆい　ときにも　使う　ことが　できます。
3　目の　まわりに　塗っては　いけません。
4　この　くすりを　使うと　肌が　あかく　なります。

**もんだい５ つぎの ぶんを 読^よんで しつもんに こたえて
ください。こたえは　１・２・３・４から　いちばん
いい　ものを　一^{ひと}つ　えらんで　ください。**

外国語^{がいこくご}を　べんきょうしていると、きいたり　はなしたり　する　ときや　作文^{さくぶん}を　かいたり　する　ときでも　知^しっている　単語^{たんご}が　すくないと　困^{こま}りますね。でも　単語^{たんご}を　覚^{おぼ}えるのは　大変^{たいへん}です。なにか　いい　方法^{ほうほう}は　ないでしょうか。

ひとつ　おもしろい　方法^{ほうほう}が　あります。まず　覚^{おぼ}えたい　外国語^{がいこくご}の　単語^{たんご}や　文^{ぶん}を　だれかに　よんで　もらいます。テープ　や　CDを　きいても　いいです。そして　15秒^{びょう}　まちます。それ　から　その　単語^{たんご}や　文^{ぶん}を　発音^{はつおん}します。外国語^{がいこくご}を　きいて　すぐに　発音^{はつおん}するのでは　なく、15秒^{びょう}　まって　発音^{はつおん}する　ことが　重要^{じゅうよう}です。

簡単^{かんたん}に　できる　方法^{ほうほう}なので、みなさんも　やって　みませんか。

30 何に ついての 話ですか。
1 外国語の 聞き取り能力を よく する 方法
2 外国語の 会話が 上手に なる 方法
3 外国語の 作文が 上手に なる 方法
4 外国語の 単語を 覚える 方法

31 この 方法の 特徴は なんですか。
1 外国語を ほかの 人に 読んで もらう。
2 外国語の テープや CDを 聞く。
3 外国語を 聞いたら 15秒後に 繰り返す。
4 外国語を 聞いたら すぐ あとに 繰り返す。

 答題時間 8 分鐘

もんだい6　つぎの　ページは　ジャンさんの　奥さんが　書いた メモと　スーパーの　「売り場案内」です。つぎの ぶんを　読んで、しつもんに　こたえて　ください。 こたえは　1・2・3・4から　いちばん　いい　ものを 一つ　えらんで　ください。

ジャンさんは　奥さんから　メモを　もらいました。ジャンさんは スーパーで　買い物を　します。

32　ジャンさんは　どの　売り場へ　行きますか。

　　1　Aと　Bと　C

　　2　Aと　Dと　F

　　3　Bと　Cと　E

　　4　Bと　Cと　F

仕事から　帰る　ときに　スーパーで　買って　きて　ください。

・にんじん　1袋

・たまねぎ　1袋

・じゃがいも　1袋

・牛肉　400グラム

・オレンジジュース

売り場案内

A　調味料	B　野菜	C　肉・魚
D　お菓子	E　くだもの	F　飲み物

言語知識（文字・語彙）

言語知識（文法）・讀解

聽解

時間還剩 10 分鐘，再檢查一下吧

聽解

考試科目 <考試時間>		
言語知識 （文字・語彙） <25分鐘>	言語知識 （文法）・讀解 <50分鐘>	聽解 <30分鐘>

Listening

もんだいようし
問題用紙

N5

ちょうかい
聴解

（30 ぷん）

ちゅう　い
注　意
Notes

しけん　はじ　　　　　　　　　　　　　もんだいようし　　あ
1. 試験が始まるまで、この問題用紙を開けないでください。

Do not open this question booklet until the test begins.

もんだいようし　　も　　　　かえ
2. この問題用紙を持って帰ることはできません。

Do not take this question booklet with you after the test.

じゅけんばんごう　なまえ　した　らん　　じゅけんひょう　おな　　　　か
3. 受験番号と名前を下の欄に、受験票と同じように書いてください。

Write your examinee registration number and name clearly in each box below as written on your test voucher.

もんだいようし　　　ぜんぶ
4. この問題用紙は、全部で 14 ページあります。

This question booklet has 14 pages.

もんだいようし
5. この問題用紙にメモをとってもいいです。

You may make notes in this question booklet.

じゅけんばんごう 受験番号　Examinee Registration Number	

なまえ 名前　Name	

もんだい1

　もんだい1では　はじめに　しつもんを　きいて　ください。
それから　はなしを　きいて、もんだいようしの　1から　4の
なかから、いちばん　いい　ものを　ひとつ　えらんで　ください。

1 ばん 🎧 MP3 5-1

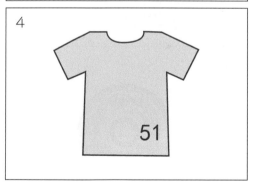

言語知識（文字・語彙）

言語知識（文法）・讀解

聽解

2 ばん 🎧 MP3 5-2

1 	2 
3 	4 

3 ばん 🎧 MP3 5-3

1 	2 
3 	4 

4 ばん 🎧 MP3 5-4

1 	2 
3 	4 

5 ばん 🎧 MP3 5-5

1 	2 
3 	4 

言語知識（文字・語彙）

言語知識（文法）・讀解

聽解

6 ばん 🎧 MP3 5-6

1	2

3	4

7 ばん 🎧 MP3 5-7

1	2
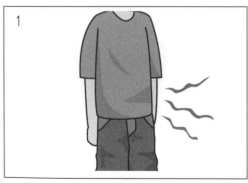	
3	4

もんだい２

　もんだい２では　はじめに、しつもんを　きいて　ください。
それから　はなしを　きいて、もんだいようしの　１から　４の
なかから、いちばん　いい　ものを　ひとつ　えらんで　ください。

1 ばん MP3 5-8
1　あさ 9:30 ～ よる 7:00
2　あさ 9:30 ～ よる 8:00
3　あさ 9:00 ～ よる 7:30
4　あさ 9:00 ～ よる 8:30

2 ばん MP3 5-9
1　めがね
2　とけい
3　マフラー
4　ネックレス

3 ばん MP3 5-10
1　へやの　しゃしん
2　やまと　はなの　しゃしん
3　テレビの　しゃしん
4　うみの　しゃしん

言語知識（文字・語彙）

言語知識（文法）・讀解

聽解

185

4 ばん 🎧 MP3 5-11

1　サラダ
2　スパゲッティ
3　こめ
4　トマト

5 ばん 🎧 MP3 5-12

1　じしょ
2　ノート
3　ざっし
4　でんわ

6 ばん 🎧 MP3 5-13

1　2350 えん
2　3000 えん
3　650 えん
4　5350 えん

もんだい 3

　もんだい3では、えを　みながら　しつもんを　きいて　ください。
やじるし（→）の　ひとは　なんと　いいますか。1から　3の
なかから、いちばん　いい　ものを　ひとつ　えらんで　ください。

1ばん 🎧 MP3 5-14

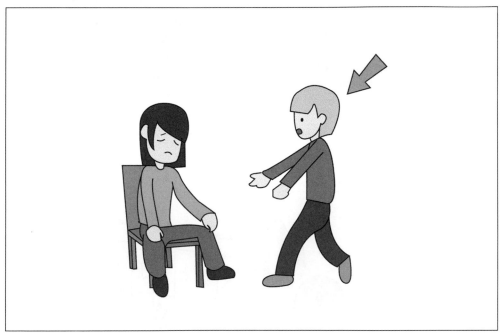

2 ばん MP3 5-15

3 ばん MP3 5-16

4 ばん MP3 5-17

5 ばん MP3 5-18

言語知識（文字・語彙）

言語知識（文法）・讀解

聴解

もんだい 4

もんだい 4 は、えなどが　ありません。ぶんを　きいて、1 から 3 の　なかから、いちばん　いい　ものを　ひとつ　えらんで ください。

―― メ モ ――

1 ばん 🎧 MP3 5-19　　　　**4 ばん** 🎧 MP3 5-22

2 ばん 🎧 MP3 5-20　　　　**5 ばん** 🎧 MP3 5-23

3 ばん 🎧 MP3 5-21　　　　**6 ばん** 🎧 MP3 5-24

第 6 回

言語知識 （文字・語彙）

考試科目 <考試時間>		
言語知識 （文字・語彙） <25 分鐘>	言語知識 （文法）・讀解 <50 分鐘>	聽解 <30 分鐘>

N5

げんごちしき（もじ・ごい）

（25 ふん）

ちゅうい
Notes

1. しけんが　はじまるまで、この　もんだいようしを　あけないで　ください。
   Do not open this question booklet until the test begins.

2. この　もんだいようしを　もって　かえる　ことは　できません。
   Do not take this question booklet with you after the test.

3. じゅけんばんごうと　なまえを　したの　らんに、じゅけんひょうと
   おなじように　かいて　ください。
   Write your examinee registration number and name clearly in each box below as written on your test voucher.

4. この　もんだいようしは、ぜんぶで　8ページ　あります。
   This question booklet has 8 pages.

5. もんだいには　かいとうばんごうの　１、２、３…が　あります。
   かいとうは、かいとうようしに　ある　おなじ　ばんごうの　ところに
   マークして　ください。
   One of the row number １, ２, ３ …is given for each question. Mark your answer in the same row of the answer sheet.

じゅけんばんごう　Examinee Registration Number	

なまえ　Name	

 答題時間 4 分鐘

もんだい 1 ＿＿＿の　ことばは　ひらがなで　どう　かきますか。
1・2・3・4から　いちばん　いい　ものを　ひとつ
えらんで　ください。

1 もう　いちど　この　じを　<u>調べて</u>　ください。
　　1　くらべて　　2　しらべて　　3　えらべて　　4　のべて

2 わたしの　がっこうは　えきから　<u>近い</u>です。
　　1　ちかい　　　2　とおい　　　3　えらい　　　4　ながい

3 バスの　<u>切符</u>を　かいました。
　　1　きって　　　2　ぎって　　　3　きっふ　　　4　きっぷ

4 この　<u>言葉</u>が　わかりません。
　　1　ごとは　　　2　ことは　　　3　ことば　　　4　こどば

5 しょうらいの　<u>夢</u>は　なんですか。
　　1　よめ　　　　2　ゆめ　　　　3　あめ　　　　4　ゆうめい

6 この　きかいは　そうさが　<u>複雑</u>です。
　　1　ふくさつ　　2　ふっざつ　　3　ふくざつ　　4　ぶくさつ

7 ほけんしょうを　<u>見せて</u>　ください。
　　1　みせて　　　2　あわせて　　3　よせて　　　4　のせて

8 いぬを　<u>飼って</u>　います。
　　1　おって　　　2　たって　　　3　かって　　　4　まって

9 <u>料理</u>を　つくります。
　　1　りょこう　　2　りょり　　　3　りようり　　4　りょうり

言語知識（文字・語彙）

言語知識（文法）・讀解

聽解

10 野菜を 切ります。

   1 かえり   2 きり   3 あまり   4 うり

11 この 荷物は 重いです。

   1 ひもつ   2 にもつ   3 かもつ   4 にもの

12 この カレーは 辛いです。

   1 からい   2 あまい   3 あらい   4 つらい

もんだい2　_____の　ことばは　どう　かきますか。

　　　　　　1・2・3・4から　いちばん　いい　ものを　ひとつ

　　　　　　えらんで　ください。

13 えいごが　へたです。

　　1 大手　　　　2 上手　　　　3 水手　　　　4 下手

14 こんさーとに　いきました。

　　1 コンサアト　　　　　　　2 コーンサート

　　3 コンサート　　　　　　　4 コーサート

15 おかねを　かします。

　　1 押し　　　　2 返し　　　　3 貸し　　　　4 借し

16 らいげつの　むいかに　かいしゃの　ともだちが　きます。

　　1 七日　　　　2 六日　　　　3 九日　　　　4 三日

17 きょうは　なんようび　ですか。

　　1 時間　　　　2 都合　　　　3 週間　　　　4 曜日

18 あの　ちいさい　かばんは　いくらですか。

　　1 近い　　　　2 小さい　　　3 臭い　　　　4 大さい

19 きょうしつで　てがみを　かきます。

　　1 書き　　　　2 描き　　　　3 歩き　　　　4 働き

20 れすとらんで　しょくじを　します。

　　1 レシトラン　2 レストラン　3 リストラン　4 ラストレン

もんだい3　（　　　）に　なにを　いれますか。1・2・3・4から
**　　　　　　　いちばん　いい　ものを　ひとつ　えらんで　ください。**

21　すいかを　たくさん　たべたので　おなかが　（　　　）　な
　　りました。
　　1　すずしく　　2　いたく　　　3　かわいく　　4　あつく

22　いま　シャワーを　（　　　）　います。
　　1　あいして　　2　はいって　　3　あびて　　　4　あらって

23　だんだん　くらく　なって　きたので　でんきを　（　　　）
　　ください。
　　1　かって　　　2　つくって　　3　けして　　　4　つけて

24　（　　　）　ありますから　もっと　たべて　ください。
　　1　おおぜい　　2　すこし　　　3　あまり　　　4　たくさん

25　いま　じゅぎょうちゅうなので　（　　　）に　してください。
　　1　きれい　　　2　にぎやか　　3　しずか　　　4　げんき

26　ゆうべ　（　　　）　えいがを　みました。
　　1　おもしろい
　　2　つまらない
　　3　こわい
　　4　ふるい

27 きょうは　みっか　です。あさっては　（　　　）です。

1　いつか
2　はつか
3　ここのか
4　よっか

28 ほんを　よむとき　めがねを　（　　　）。

1　なおします
2　かけます
3　あらいます
4　しめます

29 いまは　はるなので　きれいな　さくらが　（　　　）　います。

1　はって
2　きいて
3　さいて
4　かいて

30 わたしは　（　　　）が　たべたいです。

1　ジュース
2　くつ
3　きって
4　いちご

もんだい4 ＿＿＿の　ぶんと　だいたい　おなじ　いみの
　　　　　　ぶんが　あります。1・2・3・4から　いちばん　いい
　　　　　　ものを　ひとつ　えらんで　ください。

31 あの　ひとは　おばです。
　　1 あの　ひとは　ちちの　あねです。
　　2 あの　ひとは　ははの　おとうとです。
　　3 あの　ひとは　ちちの　あにです。
　　4 あの　ひとは　ははの　おばあさんです。

32 この　ケーキは　たかくて、まずいです。
　　1 この　ケーキは　たかくて　かたくないです。
　　2 この　ケーキは　たかくて　いそがしくないです。
　　3 この　ケーキは　たかくて　おいしくないです。
　　4 この　ケーキは　たかくて　ながくないです。

33 テストは　もうすぐ　おわります。
　　1 テストは　いま　おわりました。
　　2 テストは　あした　はじまります。
　　3 テストは　まだ　おわって　いません。
　　4 テストは　いま　はじまりました。

34 かぜは　まだ　ひどいです。
　　1 かぜは　もう　だいじょうぶです。
　　2 かぜは　ひきません。
　　3 かぜは　ぜんぜん　なおって　いません。
　　4 かぜは　あまり　ひきません。

35　あの　せんせいは　しんせつです。

1　あの　せんせいは　かわいいです。

2　あの　せんせいは　やさしいです。

3　あの　せんせいは　うるさいです。

4　あの　せんせいは　きびしいです。

 時間還剩 8 分鐘，再檢查一下吧

言語知識
（文法）・讀解

考試科目 <考試時間>		
言語知識 （文字・語彙） <25 分鐘>	言語知識 （文法）・讀解 <50 分鐘>	聽解 <30 分鐘>

Language Knowledge(Grammar)・Reading

もんだいようし
問題用紙

N5

言語知識（文法）・読解
げんご　ちしき　　ぶんぽう　　　どっかい

（50 ぷん）

注　意
ちゅう　い
Notes

1. 試験が始まるまで、この問題用紙をあけないでください。
   しけん　はじ　　　　　　　もんだいようし

   Do not open this question booklet until the test begins.

2. この問題用紙を持ってかえることはできません。
   　　もんだいようし　も

   Do not take this question booklet with you after the test.

3. 受験番号となまえをしたの欄に、受験票とおなじようにかいてください。
   じゅけんばんごう　　　　　　　らん　　じゅけんひょう

   Write your examinee registration number and name clearly in each box below as written on your test voucher.

4. この問題用紙は、全部で15ページあります。
   　　もんだいようし　　ぜんぶ

   This question booklet has 15 pages.

5. 問題には解答番号の[1]、[2]、[3]…があります。
   もんだい　　かいとうばんごう

   解答は、解答用紙にあるおなじ番号のところにマークしてください。
   かいとう　　かいとうようし　　　　　　ばんごう

   One of the row number [1], [2], [3]…is given for each question. Mark your answer in the same row of the answer sheet.

受験番号　Examinee Registration Number	
じゅけんばんごう	

なまえ　Name	

答題時間 6 分鐘

もんだい1 （　　）に　何^{なに}を　入れますか。1・2・3・4から
　　　　　　いちばん　いい　ものを　一^{ひと}つ　えらんで　ください。

1　さびしい時^{とき}　ともだち　（　　　）　手紙^{てがみ}を　書^かきます。
　　1　が　　　　2　から　　　3　で　　　　4　に

2　いくら　（　　　）ても　買^かいたいです。
　　1　高^{たか}かった　2　高^{たか}い　　3　高^{たか}く　　4　高^{たか}くない

3　いまの　値段^{ねだん}より　（　　　）　買^かえます。
　　1　安^{やす}い　　　2　安^{やす}くない　3　安^{やす}かった　4　安^{やす}かったら

4　朝^{あさ}　六時^{ろくじ}に　起^おきた。（　　　）　さんぽに　出^でかけた。
　　1　それに　　2　そして　　3　しかし　　4　でも

5　わたしの　部屋^{へや}から　山^{やま}が　（　　　）。
　　1　見^みません　2　見^みます　　3　見^みえます　4　見^みたいです

6　ここで　たばこを　（　　　）も　いいですか。
　　1　すう　　　　2　すいたい　3　すわない　4　すって

7　天気^{てんき}も　わるいし　寒^{さむ}いし　（　　　）　仕事^{しごと}も　たくさん
　あります。今日^{きょう}は　つらいです。
　　1　しかし　　2　それで　　3　それに　　4　でも

8　A「この　くつ　（　　　）　大^{おお}きいですね。」
　　B「それでは　こちらは　いかがでしょうか。」
　　1　たくさん　2　ちょっと　3　あまり　　4　よく

言語知識（文字・語彙）

言語知識（文法）・讀解

聽解

203

⑨ 客「コーヒーを 二つと 紅茶を 一つ お願いします。」
店員「はい （　　　　）。」

　　1 しつれいます　　　　　　2 ごちそうさまでした
　　3 いただきます　　　　　　4 かしこまりました

⑩ あの 二人が 結婚したのを （　　　　）。
　　1 しって いないです　　　　2 しって いません
　　3 しりませんでした　　　　4 しりないです

⑪ A「いい 時計 ですね 自分で 買ったんですか。」
　　B「いいえ 姉に （　　　　）んです。」
　　1 やった　　2 あげた　　3 くれた　　4 もらった

⑫ パソコンの （　　　　）方が わかりません。
　　1 つかった　　2 つかう　　3 つかい　　4 つかって

⑬ この DVD あなたが （　　　） あとで わたしにも 貸して ください。
　　1 見る　　　2 見た　　　3 見ている　　4 見ていない

⑭ この 服は 紙（　　　　） できて います。
　　1 で　　　　2 が　　　　3 に　　　　4 を

⑮ こどもの ころ 野球を （　　　） 魚を とったりして よく 外で 遊びました。
　　1 したり　　2 しったり　　3 して　　　4 してた

⑯ （　　　　） 前に 大阪の 会社に 勤めて いました。
　　1 結婚した　　2 結婚して　　3 結婚する　　4 結婚しない

答題時間 4 分鐘

もんだい 2 ___★___に 入(はい)る ものは どれですか。
1・2・3・4から いちばん いい ものを 一(ひと)つ
えらんで ください。

17 _____ _____ __★__ _____を 聞(き)いて ください。
   1 の　　　　2 わたし　3 歌(うた)　　　4 作(つく)った

18 おおぜいの_____ __★__ _____ _____。
   1 がっこうを　2 学生(がくせい)が　　3 休(やす)みました　4 かぜで

19 スーパーと_____ _____ __★__ _____ですか。
   1 コンビニ　2 どちらが　3 と　　　　　4 便利(べんり)

20 ちょっと この レポート__★__ _____ _____ _____
   くださいませんか。
   1 チェックして　　　　　　　2 ない
   3 かどうか　　　　　　　　　4 まちがいが

21 あそこに_____ _____ __★__ _____。
   1 と　　　　　2 あります　3 「立入禁止(たちいりきんし)」4 書(か)いて

言語知識（文字・語彙）

言語知識（文法）・讀解

聽解

205

🕐 **答題時間 6 分鐘**

もんだい 3 22 から 26 に 何を 入れますか。ぶんしょうの
いみを かんがえて、1・2・3・4から いちばん
いい ものを 一つ えらんで ください。

8月4日　どようび　くもり
　今日は　ともだちの　加藤さん 22 　いっしょに　おいしい　焼
肉を 23 に　行きました。焼肉屋さんに 24 とき　お店は　お客
さんが　たくさん　いました。わたしたちも　一時間ぐらい　ま
ちました。お店は　りょうりの　種類が　多くて　わたしたちは
たくさん　食べました。ほんとうに　おいしかったです。 25 は
かぞくと　いっしょに 26 です。

22

　　1 が　　　　2 の　　　　3 と　　　　4 を

23

　　1 飲み　　　2 食べ　　　3 食べて　　　4 飲んで

24

　　1 つく　　　2 つきたい　　3 つかない　　4 ついた

25

　　1 こんど　　2 きのう　　3 そして　　　4 十時

26

　　1 行く　　　2 行きたい　　3 食べる　　　4 あそびたい

答題時間 8 分鐘

もんだい 4　つぎの　ぶんを　読んで　しつもんに　こたえて　ください。こたえは　1・2・3・4から　いちばん　いい　ものを　一つ　えらんで　ください。

（1）

英子さんが　優子さんに　メールしました。

　きのうは　ありがとう。助かりました。それで、きのう　借りた　1000円なんだけど、恵子ちゃんから　もらって　ください。じつは、先週　恵子ちゃんに　1000円　貸したんだ。今日　会うんだよね。

27　正しい　文は　どれですか。
1　英子さんが　優子さんに　1000円　貸しました。
2　優子さんが　英子さんに　1000円　貸しました。
3　恵子さんが　優子さんに　1000円　借りました。
4　優子さんが　恵子さんに　1000円　借りました。

（2）

やす子さんが　ひろ子さんに　手紙を　書きました。

ひろ子様：

　来月、大阪に　行きます。新幹線は　はやくて　便利だけど、お金が　かかるので、バスで　行きます。
　夏休みだったら、JRの　普通列車の　ほうが　安く　なるんだけどね。

28　正しい　文は　どれですか
1　夏休み、JRの　普通列車は　新幹線より　高いです。
2　夏休み、バスは　新幹線より　高いです。
3　来月、JRの　普通列車は　バスより　安いです。
4　来月、バスは　JRの　普通列車より　安いです。

（3）

イワノフさんが　あいさつ　して　います。

　北京支社から　来た　イワノフです。北京支社の　まえは、シンガポール支社でした。いちばん　最初に　はたらいたのが　香港支社ですから、この　東京支社は　4番目に　なります。みなさん　よろしく　おねがいします。

29　イワノフさんが　3番目に　はたらいたのは　どの　支社ですか。
1　北京支社
2　シンガポール支社
3　香港支社
4　東京支社

もんだい5　つぎの　ぶんを　読んで　しつもんに　こたえて
　　　　　　ください。こたえは　1・2・3・4から　いちばん
　　　　　　いい　ものを　一つ　えらんで　ください。

　パンや　うどんは　普通　小麦を　使って　つくりますが　今
日本では　米で　つくった　パンや　米で　つくった　うどんが
売られて　います。

　日本人は　米を　あまり　食べなく　なりました。1960年ごろ
日本人は　1年で　120キログラムの　米を　食べて　いましたが
2000年には　60キログラムに　なりました。

　今　日本人は　にくや　さかなや　やさいを　たくさん　食べ
て　います。また　パンや　めんも　たくさん　食べます。です
から　米を　食べる　量が　少なく　なりました。米を　つくる
農家は　大変です。

　米を　使った　パンや　うどんが　たくさん　売れると　いい
ですね。

30　なぜ　米で　パンや　うどんを　つくるのですか。
　1　農家が　米を　たくさん　売る　ことが　できるから。
　2　米を　たくさん　食べる　日本人が　少なく　なったから。
　3　農家が　にくや　さかなを　たくさん　食べる　ことが
　　　できるから。
　4　パンや　めんを　たくさん　食べる　日本人が　少なく
　　　なったから。

31 日本人が　米を　食べる　量が　少なく　なった　理由で　正しく
ない　ものは　どれですか。

1　にくや　さかなを　たくさん　食べる　日本人が　多く
　　なったから。

2　やさいを　たくさん　食べる　日本人が　多く　なったから。

3　パンや　めんを　たくさん　食べる　日本人が　多く
　　なったから。

4　米を　つくる　日本人が　多く　なったから。

言語知識（文字・語彙）

言語知識（文法）・讀解

聽解

 答題時間 8 分鐘

もんだい6 つぎの ページは 特別授業の 予定表です。つぎ
のぶんを 読んで、しつもんに こたえて ください。
こたえは 1・2・3・4から いちばん いい ものを
一つ えらんで ください。

　　ジュディーさんと マリーさんは 特別授業を 受けようと 思
って います。ジュディーさんと マリーさんは よるの 授業を
取りたいです。そして、ジュディーさんは 水曜日の よるに ア
ルバイトが あります。マリーさんは 金曜日の よる 7時半まで
しごとが あります。

32 二人が いっしょに 取る ことが できる 授業は どの
先生の 授業ですか。
　1 田中先生
　2 中野先生
　3 大原先生
　4 原口先生

特別授業の 予定表
（とくべつじゅぎょう）（よ てい ひょう）

田中先生	月曜日・水曜日	18:30-20:30
中野先生	火曜日・木曜日	18:30-20:30
大原先生	金曜日	18:30-21:30
原口先生	土曜日	9:00-12:00

言語知識（文字・語彙）

言語知識（文法）・讀解

聽解

聽解

考試科目 <考試時間>		
言語知識 （文字・語彙） <25 分鐘>	言語知識 （文法）・讀解 <50 分鐘>	聽解 <30 分鐘>

Listenting

N5

ちょうかい
聴解

（30 ぷん）

ちゅうい
注　意
Notes

しけん はじ もんだいようし あ
1. 試験が始まるまで、この問題用紙を開けないでください。

Do not open this question booklet until the test begins.

もんだいようし も かえ
2. この問題用紙を持って帰ることはできません。

Do not take this question booklet with you after the test.

じゅけんばんごう なまえ した らん じゅけんひょう おな か
3. 受験番号と名前を下の欄に、受験票と同じように書いてください。

Write your examinee registration number and name clearly in each box below as written on your test voucher.

もんだいようし ぜんぶ
4. この問題用紙は、全部で 14 ページあります。

This question booklet has 14 pages.

もんだいようし
5. この問題用紙にメモをとってもいいです。

You may make notes in this question booklet.

じゅけんばんごう 受験番号　Examinee Registration Number	

なまえ 名前　Name	

もんだい１

　もんだい１では　はじめに　しつもんを　きいて　ください。それから　はなしを　きいて、もんだいようしの　１から　４の　なかから、いちばん　いい　ものを　ひとつ　えらんで　ください。

１ばん 🎧 MP3 6-1

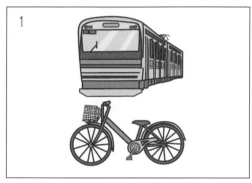

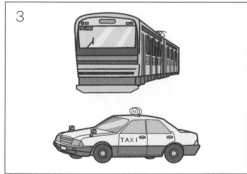

2 ばん 🎧 MP3 6-2

20XX 年 7 月						
日	月	火	水	木	金	土
1	2	3	4	5	6	7
8	9	10	11	12	13	14
15	16	17	18	19	20	21
22	23	24	25	26	27	28
29	30	31				

1 — 木 5
2 — 金 6
3 — 9
4 — 10

3 ばん 🎧 MP3 6-3

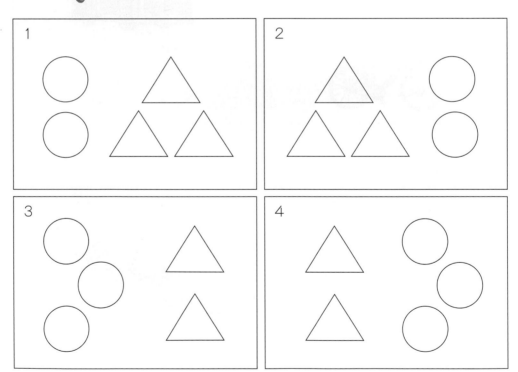

4 ばん 🎧 MP3 6-4

1 	2 
3 	4 

5 ばん 🎧 MP3 6-5

1 	2 
3 	4 

言語知識（文字・語彙）

言語知識（文法）・讀解

聽解

219

6 ばん 🎧 MP3 6-6

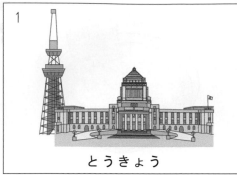

1

とうきょう

2

おおさか

3

なごや

4

よこはま

7 ばん 🎧 MP3 6-7

1

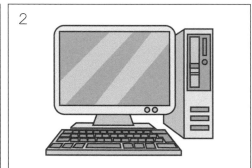

2

3

4

もんだい 2

　　もんだい 2 では　はじめに、しつもんを　きいて　ください。
それから　はなしを　きいて、もんだいようしの　1から　4の
なかから、いちばん　いい　ものを　ひとつ　えらんで　ください。

1 ばん 🎧 MP3 6-8

　　1　おおきい　けしゴム（2）＋えんぴつ（4）
　　2　おおきい　けしゴム（2）＋ノート（4）
　　3　ちいさい　けしゴム（2）＋えんぴつ（4）
　　4　ちいさい　けしゴム（2）＋ノート（4）

2 ばん 🎧 MP3 6-9

　　1　おおきい　さかな
　　2　ちいさい　さかな
　　3　おおきい　いぬ
　　4　ちいさい　いぬ

3 ばん 🎧 MP3 6-10

　　1　ゆうびんきょく
　　2　レストラン
　　3　がっこう
　　4　はなや

言語知識（文字・語彙）

言語知識（文法）・讀解

聽解

4 ばん 🎧 MP3 6-11

1　ビール

2　アイスクリーム

3　あつい　コーヒー

4　ラーメン

5 ばん 🎧 MP3 6-12

1　6：00

2　7：00

3　6：30

4　7：30

6 ばん 🎧 MP3 6-13

1　ともだち

2　クラスメート

3　かぞく

4　かいしゃの　ひと

もんだい3

　もんだい3では、えを　みながら　しつもんを　きいて　ください。
やじるし（→）の　ひとは　なんと　いいますか。1から　3の
なかから、いちばん　いい　ものを　ひとつ　えらんで　ください。

1ばん  MP3 6-14

2 ばん 🎧 MP3 6-15

3 ばん 🎧 MP3 6-16

4 ばん MP3 6-17

5 ばん MP3 6-18

もんだい4

　もんだい4は、えなどが　ありません。ぶんを　きいて、1から3の　なかから、いちばん　いい　ものを　ひとつ　えらんでください。

———メモ———

1 ばん 🎧 MP3 6-19　　　　**4 ばん** 🎧 MP3 6-22

2 ばん 🎧 MP3 6-20　　　　**5 ばん** 🎧 MP3 6-23

3 ばん 🎧 MP3 6-21　　　　**6 ばん** 🎧 MP3 6-24

N5　新日本語能力試験

げんごちしき（もじ・ごい）　かいとうようし

名　前 Name	

もんだい　1				
1	①	②	③	④
2	①	②	③	④
3	①	②	③	④
4	①	②	③	④
5	①	②	③	④
6	①	②	③	④
7	①	②	③	④
8	①	②	③	④
9	①	②	③	④
10	①	②	③	④
11	①	②	③	④
12	①	②	③	④

もんだい　2				
13	①	②	③	④
14	①	②	③	④
15	①	②	③	④
16	①	②	③	④
17	①	②	③	④
18	①	②	③	④
19	①	②	③	④
20	①	②	③	④

もんだい　3				
21	①	②	③	④
22	①	②	③	④
23	①	②	③	④
24	①	②	③	④
25	①	②	③	④
26	①	②	③	④
27	①	②	③	④
28	①	②	③	④
29	①	②	③	④
30	①	②	③	④

もんだい　4				
31	①	②	③	④
32	①	②	③	④
33	①	②	③	④
34	①	②	③	④
35	①	②	③	④

N5　新日本語能力試験
言語知識（文法）・読解　解答用紙

名　前 Name	

もんだい　1				
1	①	②	③	④
2	①	②	③	④
3	①	②	③	④
4	①	②	③	④
5	①	②	③	④
6	①	②	③	④
7	①	②	③	④
8	①	②	③	④
9	①	②	③	④
10	①	②	③	④
11	①	②	③	④
12	①	②	③	④
13	①	②	③	④
14	①	②	③	④
15	①	②	③	④
16	①	②	③	④

もんだい　2				
17	①	②	③	④
18	①	②	③	④
19	①	②	③	④
20	①	②	③	④
21	①	②	③	④

もんだい　3				
22	①	②	③	④
23	①	②	③	④
24	①	②	③	④
25	①	②	③	④
26	①	②	③	④

もんだい　4				
27	①	②	③	④
28	①	②	③	④
29	①	②	③	④

もんだい　5				
30	①	②	③	④
31	①	②	③	④

もんだい　6				
32	①	②	③	④

N5 新日本語能力試験

聴解　解答用紙

名　前 Ｎａｍｅ	

もんだい　1				
1	①	②	③	④
2	①	②	③	④
3	①	②	③	④
4	①	②	③	④
5	①	②	③	④
6	①	②	③	④
7	①	②	③	④

もんだい　2				
1	①	②	③	④
2	①	②	③	④
3	①	②	③	④
4	①	②	③	④
5	①	②	③	④
6	①	②	③	④

もんだい　3				
1	①	②	③	④
2	①	②	③	④
3	①	②	③	④
4	①	②	③	④
5	①	②	③	④

もんだい　4				
1	①	②	③	④
2	①	②	③	④
3	①	②	③	④
4	①	②	③	④
5	①	②	③	④
6	①	②	③	④

新日本語能力試驗予想問題集：
N5 一試合格

作者 / 賴美麗 小高裕次 方斐麗 李姵蓉

發行人 / 陳本源

執行編輯 / 張晏誠

封面設計 / 楊昭琅

出版者 / 全華圖書股份有限公司

郵政帳號 / 0100836-1 號

印刷者 / 宏懋打字印刷股份有限公司

圖書編號 / 09124010

二版一刷 / 2018 年 06 月

定價 / 新台幣 380 元

ISBN / 978-986-463-877-2

全華圖書 / www.chwa.com.tw

全華網路書店 Open Tech / www.opentech.com.tw

若您對書籍內容、排版印刷有任何問題，歡迎來信指導 book@chwa.com.tw

臺北總公司(北區營業處)
地址：23671 新北市土城區忠義路 21 號
電話：(02) 2262-5666
傳真：(02) 6637-3695、6637-3696

中區營業處
地址：40256 臺中市南區樹義一巷 26 號
電話：(04) 2261-8485
傳真：(04) 3600-9806

南區營業處
地址：80769 高雄市三民區應安街 12 號
電話：(07) 381-1377
傳真：(07) 862-5562

23671 新北市土城區忠義路 21 號

全華圖書股份有限公司

行銷企劃部　收

廣　告　回　信
板橋郵局登記證
板橋廣字第540號

歡迎加入 全華會員

● 會員獨享

會員享購書折扣、紅利積點、生日禮金、不定期優惠活動…等。

● 如何加入會員

填妥讀者回函卡直接傳真 (02) 2262-0900 或寄回，將由專人協助登入會員資料，待收到 E-MAIL 通知後即可成為會員。

如何購買 全華書籍

1. 網路購書

全華網路書店「http://www.opentech.com.tw」，加入會員購書更便利，並享有紅利積點回饋等各式優惠。

2. 全華門市、全省書局

歡迎至全華門市（新北市土城區忠義路 21 號）或全省各大書局、連鎖書店選購。

3. 來電訂購

(1) 訂購專線：(02) 2262-5666 轉 321-324
(2) 傳真專線：(02) 6637-3696
(3) 郵局劃撥（帳號：0100836-1　戶名：全華圖書股份有限公司）
※ 購書未滿一千元者，酌收運費 70 元。

OpenTech.com.tw 全華網路書店

全華網路書店 www.opentech.com.tw
E-mail: service@chwa.com.tw